生死之河

王刊　著

成都时代出版社

图书在版编目（CIP）数据

生死之河 / 王刊著 . -- 成都：成都时代出版社，2016.10

ISBN 978-7-5464-1744-8

Ⅰ . ①生… Ⅱ . ①王… Ⅲ . ①短篇小说－小说集－中国－当代 Ⅳ . ① I247.7

中国版本图书馆 CIP 数据核字 (2016) 第 236872 号

生死之河
SHENGSIZHIHE
王刊 著

出 品 人　石碧川
责任编辑　李　佳
责任校对　张　巧
装帧设计　修远文化
责任印制　干燕飞

出版发行　成都时代出版社
电　话　（028）86742352（编辑部）
　　　　（028）86615250（发行部）
网　址　www.chengdusd.com
印　刷　四川金邦印务有限公司
规　格　210mm×145mm
印　张　7.5
字　数　180 千字
版　次　2016 年 10 月第 1 版
印　次　2016 年 10 月第 1 次印刷
书　号　ISBN 978-7-5464-1744-8
定　价　29.00 元

目　录

坟墓、爱情和它们的倒影

1

这是傍晚，暑热刚刚退去。我坐在核桃树枝丫上，两条腿来回晃荡。蜻蜓呢，翅膀碰着翅膀，“吱吱”地响。我妈在院坝下面的地里割苕藤，弓起的脊背一起一伏。我妈是个苦命人，才死了丈夫。我爹就葬在屋旁一棵梨树下，只要一抬头我妈就能看见新起的坟堆。坟堆带着新翻的泥土气息，杂草还来不及冒出来。一把花圈插在坟头，破得洞洞眼眼的。我妈割一会儿猪草，就抬起头来看看那个坟头，又看看架在树上的我，仿佛我跟那个坟头有什么关联一样。

你给我下不下来？那么大了还要人操心！我妈已经喊我三遍了。我妈俯下身，一边割，一边咕咕噜噜地骂，这狗日的，要死也不选个时候，你把娃儿盘大再死有人找你哇……

我爹从河里捞上来那天，脸都泡烂了。他妈的邻村朱大爷，把我爹抛向河里时，在我爹腰上绑了一块石头。我爹失踪几天后，脸朝下漂在水面上。派出所的人捞上来时，我爹全身光溜溜的，只剩一条红色内裤。我妈身子一软，就砸在地上。我妈一抽一抽的，手狠狠地捶打着沙土，嘴张了很久，才哭出声来。我妈一哭出来，就像有人在摘她的肺，是嚎的那种。我傻傻地站着，心口被我妈的哭声弄疼了。那刻儿，有人在背后捅捅我，用眼睛告诉我说，去拉拉你妈。我仍傻傻地站着，弟弟流着鼻涕泡，跑到我妈身边，也跟着“哇”的一声哭出来。这两股声音拧成一股绳，我倒成了看热闹的人。众人架着我妈往回走，我妈腿在地上拖着，扬起了尘土，好像地上有吸铁。我妈嘴里呜呜咽咽的，像风吹，我一句也没听清。我拽着弟弟的手，突然觉得，我应该长大了。

坐在核桃树枝丫上，我想起了我爹被安放在堂屋的情形。想了一会儿，我又记起我爹出殡那天，我弟磕在石头上，差点把牙齿磕掉了。我妈每隔七天去烧一次纸，我妈烧一次纸，就骂一次朱大爷，老狗日的，你做些死儿绝女的事……也想起昨天黄昏，我妈愣愣地站在坟头，说了些什么，扶着坟头石，又说了些什么……我想起这些的时候，就看一眼我妈。我妈正弓着腰，一镰刀一镰刀地割苕藤。苕藤冒出白色的汁液，把我妈的手都染黑了。我绕着手指头，望着我妈，突然觉得，我妈没先前好看了。头发不好看，脸不好看，穿的也不好看。

我弟从我爹捞上来那天哭过之后，就又变得开心起来。这时候，他正看蚂蚁搬家，嘴里胡乱地叫着。弟弟穿着开裆裤，屁股撅得老高，真想照着那里踢上一脚。

我把目光抬高，望向门前通往乡上的路。自从我爹死后，我就喜欢架在树上，总是想着我爹有一天会从石梯下一步一步地走上来。

这时候，我看见了一个黑点，慢慢成了一根火柴棍，等成了一根手杖，我终于看清了，那是我爹那是我爹。我擦擦眼睛，努力睁大，我又眨了眨，难道我一直期待的情形真的出现了？没错，那是我的爹我的爹。

我爹我爹。我朝我妈大声喊，我旋风一样从树上跌下来，向大路狂奔。弟弟在院坝里吱吱呀呀地叫，手里拿着一截枯树枝。我妈站起身，迟疑了一会儿，然后扔下镰刀，一步一个踉跄。

我妈在距离我爹几米处一个急刹，表情怪异，先是盯着我爹的脸，像从来不认识这张脸似的。又从头到脚看一遍，样子跟看一头走丢多天的家畜差不多。我爹的胡须长得老长，又粗又硬，仿佛有人把猪毛插在他脸上。那张脸吧，生来就黑，现在又有了一些青紫，像是在风霜里浸过。我爹嬉皮笑脸地，一步步走近我妈。我妈就那么愣愣地站着，像一根叹号。我爹说话了，咋子了，于志英，你疯啦？

我妈扑上去，抱着我爹的脖子。这是第一次，我看见我爹和我妈抱在一起的场景。事实上，要在往常，我妈对我爹总是冷冷的。我爹在我妈腰上掐一把，我妈会坚决地把手拨开，说，你也不害臊。我妈靠在柱子上吃饭，我爹也凑过去，笑嘻嘻的，我妈嫌恶地看一眼，站到另一根柱子下，我爹就讪讪地笑。我爹有时候在别人家做活路，一连走上好几天，我妈也不管不问。我要是担心了，我妈就说，你管他那么多，那么大个人了，又不是细娃儿。我爹回来时，自然是冷锅冷灶，我爹当然就抱怨。抱怨就抱怨了，我妈好像很健忘，下次我爹回来时照常冷锅冷灶。

现在，我妈趴在我爹的肩头嘤嘤地哭，又像有人在摘她的肺。我妈哭一阵，又笑。笑一阵，又盯着我爹的脸看。我妈伸出右手，在我爹脸上摸来摸去。我爹想去捉那只手，被我妈抽回，顺手一耳光打得我爹“哎哟”一声。于志英，你咋子了，疯啦？

2

我妈开始做饭。抱柴，生火，淘菜，缸里最后一碗米，本是留给弟弟过生才吃的，我妈也倒了个干净。我和弟弟跑进跑出，山呼海啸。弟弟一不小心，将弯刀砸到我背上，疼得我直咧嘴。要在往常，我飞起一脚就将弟弟的屁股踢成两半。这个傍晚，我没有，连瞪他一眼都没有。我跑到院子里，院子里堆满了人。这时候，正是掌灯时分，男女老少挤满院子，像参观猴子一样来看我爹。有人在我爹背上擂一拳，想听听响声，看是不是影子或一张纸片。有女人在我爹脸上掐一把，想看看我爹还有没有知觉。也有男人在裤裆处捣一脚，你这球日的，跑哪儿去了？

对，跑哪儿去了？在外面找了几个女人，不要大嫂子了？

我爹也大声武气地说话，我去珠海了。

狗日的，你去珠海干啥子？你把大嫂子害惨了。

害她干啥子，我是怕回家挨她骂呀。

我这才记起，我爹消失的前一天晚上，跟我妈吵了一架。起因是我妈怪我爹乱借钱，借了朱大爷一百元，本来是要还账的，结果搞丢了。他们吵着吵着，就吵到了我爹去年打牌的事。我爹呢，就拿我妈以前的事说事。哎，我爹也是，都说过好多遍，我都能背下来了。他是这样说的，你个烂货，哪个喊你跟那个杂种睡觉的？那个杂种有啥子好，他除了能写几句狗屁诗歌，还能做啥子？诗歌能当饭吃？我妈就尖着嗓子回一句，你懂个屁……耍了两年，都马上结婚了，不可以上床？唉，乱七八糟的，每次吵架都会说到这，搞得我抄写生字的心情一点都没有。后来，我爹和我妈就打起来，我爹用巴掌，我妈就操起板凳。他们打是真打，弟弟躲在墙角哭起来。打完后，我妈拉着我和弟弟要偷偷跑回娘家，被我爹强行拽了回来，反锁在屋子里。我妈抱着我弟哭到半夜。我妈呜呜嘤嘤地说，麒麟、老虎，我早就不想在这个家呆了，你们什么时候长大呀……

你在珠海又干了啥子？见了大世面了哇。

于是，我爹就向大家讲述起这件事。我爹呢，讲得坑坑包包反反复复的，惹得村子里的人一个劲儿地问这问那，比如你咋个突然想到要去珠海，又怎么突然要回来，这中间发生了什么……

其实，是这样的。

前些年，村子里通了电。我家就买了几台机器，加工面粉，也做挂面。等农闲时候，我爹就推着一辆破旧的自行车，去邻村卖挂面。三个月前的一天，我爹到了邻村，公路是碎石路面，不知道什么时候挂面就掉了几把。我爹一路寻回去，路过朱大爷家，朱大爷的房门上了锁，我爹从门缝里看到了三把挂面。我爹喊了几声，没人应。我爹就坐下来，卷了一锅叶子烟。一锅烟烧完了，还不见人回来。我爹想，没把挂面找回来，我妈一定要骂，说不准还要打上一架。这一次要打，就好好打，一定把于志英那婆娘打个颜色。我爹被自己的想法吓了一跳，在原地转了两圈，我爹就想起了军叔。军叔在珠海，地址就在我爹的衣兜里揣着。我爹把自行车一扔，拍拍屁股，拦下了一辆通往乡上的车。

后来，我爹找到军叔，也进了灯泡厂。这个厂和澳门只隔了一个厕所。那里管得严，设了很多关卡。有一天，我爹去上厕所，恰巧碰到派出所来抓偷渡的。那时候，澳门工资是内地的几倍，很多人就偷偷跑过去。我爹被抓了，身份证放在厂里。警察说，那你写信吧。我爹就写信，叫军叔来取人。我爹呢，真背时，把地址写错了，五号变成了五十号。没人来救我爹，警察就打，说我爹是盲流，是偷渡客，进了警察局还不老实。警察打完了，说，你也可以拿一百元赎出去。我爹包里哪有钱，他原本只是出来上个厕所。只好关起来，一连换了三个收容所。每天的工作是串佛珠，三十串。串了三十五串，就奖励一根烟。由于我爹表现好，三个月后放出来了。

提起在收容所的三个月，我爹连连叹气。被警察用皮鞭抽，那滋味不好受，我爹额头上还留有一道疤痕。也遭另一个被抓的人拿小刀捅过，要他把钱交出来，好把自己赎出去。顺便说一句，那人没从我爹身上榨出油水，就拿着刀子去捅一个收荒匠，收干了他身上的五百元，自己出去了。

我爹受了这样的委屈，就买了火车票，连夜连晚往家赶。

3

院子里还在七嘴八舌，我妈干脆扯亮堂屋前面的灯。我爹终于知道了他走后村子里发生的事。确切地说，是发生在我妈身上的事。我爹脸上阴凄凄的，我知道，他肯定觉得对不起朱大爷，也对不起我妈。

现在，大伙的问题来了。

葬在你家屋角那个人是谁？几个小时前还被误认为是你呢！

为什么他会被人绑着石头沉在河里？

好像我爹知道谜底似的。

村子里的人把我爹围在院子中间，议论纷纷，各种猜测都有。有说欠钱不还，被人做掉的；有说偷情，被捉奸在床，扔到河里的；也有人说，是忤逆不孝，被兄弟暗杀的……这些议论比树上的麻雀还多。也有开我妈玩笑的，说，于志英，你命好哦，两个男人，哪个好用些？我看你那天哭得伤心哦，抱着人家不丢手……我妈正好出来抱柴火，有人就趁机跟她开玩笑。

没有用过。要不你去用一下？就在后边，路都不用跑。

我看见我爹的脸阴了一下。

晚上，送走了村里人，我妈的饭也就上桌了，还备了酒。我妈一个劲儿地喊我爹夹菜，我爹却挑给我和弟弟。我爹一个劲儿地喝酒，感觉像是没喝够似的。

那个死人下葬时装了棺材？

嗯。

我爹就闷声吃饭。我知道我爹肯定心疼了，那副棺材才打好，漆了上好的漆。

还请了客？

十五桌。远远近近的都来了。

我爹又闷声吃饭。

穿了寿衣?

川心店买的，我亲自穿的。死了的人全身梆硬，好不容易才穿上。

爹，妈给那人洗了澡，洗得慢吞吞的。妈还把他红内裤脱了，那个人屙尿的东西都泡烂了，妈就用酒洗，说酒可以消毒。妈把烂肉洗净后，又用热水清了几遍。我听二婆婆说的。妈，是不是真的?弟弟说着，喷出了饭粒。一粒吊在嘴角，弟弟用手把它按回了嘴里。

我妈脸腾一下红了，扬起筷子就要砸到弟弟头上。

我爹将酒杯停在嘴边，像被才吞下去的一块洋芋噎着了似的。我爹看了我妈一眼，脸色阴得可以捏得下水滴来。

吃完饭，我妈叫我和弟弟睡小床。我坚决不干，谁敢去呀。自从我爹回来后，我就觉得屋子里充满了邪气，像有一个不安的魂魄在四周荡来荡去。

我和弟弟挤在我爹和我妈的大床上。弟弟倒下去就响起了呼噜声，我呢，一闭上眼，眼前晃动的全是那个人。他坐在沙包嘴抽着叶子烟，抽完烟，又往村子里走，他绕着我家猪圈走了一圈……想着想着，那人就变成了我爹。我爹就睡在我身旁，身子硬挺挺的。过了一会儿，我妈向我爹身边挤了挤，似乎是抱住了我爹的脖子，呼吸变得粗重，像牛在喘气。我妈去脱我爹的裤子，半天没脱下来。一不小心，我妈的手就打到了我的腿。我假装睡得沉沉的。

你要干啥子?我爹小声说。

我妈不说话，继续脱。

哎呀，你要干啥子？我爹有些不耐烦，声音粗起来。

你是个死人呀？我妈骂。

我就是那个死人。把手拿开。

我妈的手就停在了我爹的屁股上，停了一会儿，静静拿开了。我听见我妈翻了个身，再翻了个身，好像就睡着了。

4

现在，我爹的问题也来了。

那个坟毁不毁？

为这事，我妈和我爹吵了一架。

天刚亮，我爹就扛上锄头，往外走。这时候，雾气从河里弥漫过来，村子变得轻盈，像在跟着飞。我爹举起锄头，一锄就勾下了坟头石。坟头石，咕噜一声，砸到拜台上。我妈这时候还披着头发，到屋后看看鸡窝。我妈惊叫一声，朱大常，你要咋子？

不把这挖了，天天看着难受。干脆拿根雷管来炸了，还省事些。我爹一锄头砸在花圈上，花圈上的字还依稀可辨：夫妻恩，今生未完来世再；儿女债，两人共负一人完。

你把它挖了干啥？人家在那儿，又不费你椒子不费你盐。

一个认都认不到的人，放在屋角让人觉得有他妈些怪。

你不理它就行了嘛，人都死了，你还跟一个死人过不去？你好笑人。

我爹就不说话，只一锄一锄地挖，挖着挖着，棺材就露出了一角。我妈冲过去，夺我爹的锄头。

别人哪里把你惹了？你自己要跑出去，不给人打招呼，哪个晓得你还活着的？你也是怪眉怪眼的。哪怕是个猪，你也要好好地对人家。人家都死了，你还要赶尽杀绝？你是他妈个野物……

我妈见夺不过锄头，就用嘴咬我爹的手。我爹“哎哟”一声，将锄头扔得很远，砸在石头上，“哐当”一声。

他是你男人哇，你那么护人家？

难道你是野男人？你把人家挖了，人家会变成孤魂野鬼来找你，你就安逸了？

怕什么怕？我一把火把它烧了。我爹说着去捡锄头，抡圆了照着坟头挖下去。锄头穿过土层，挖到了木头上，发出一声闷响。

你个天棒槌，你个杂种，再挖，我死在你面前。我妈像一头发怒的母狮，披头散发地冲向我爹。我爹端着锄头，向后让了让。

我爹扛着锄头往屋里走，一路骂骂咧咧的。

我妈花了一个早晨，才将坟修复完整。我妈去抱坟头石时，它几次三番地滚下来，差点砸了我妈的脚。我妈又把烂得不成样子的花圈插好，理了理掉在地上的挽联。我妈离开前，对着坟墓说了好半天，谁知道她说了些什么。

我妈看见我爹坐在院坝里，烧着叶子烟，地上散乱着几个烟头。我妈走过时，有些轻蔑。我爹看了一眼我妈，那一眼，有说不出的嫌恶。我爹看见，我妈散着头发，像一个女鬼。衣服也沾满泥土，纽扣都扯掉了，鞋帮脏得一塌糊涂。

我爹又吸了一会儿烟，将还未燃完的烟在鞋帮上敲掉，骂一句，他妈的。然后起身，抄着空手，朝沙包嘴走去。

这时候，朝雾散尽，天空一片霞光，云层背面金光闪闪。露珠呢，在芍药叶上打滚。弟弟拿出木牛，要在院子里“啪啪”地抽上两鞭子。

5

当初，我爹失踪了，我妈就日急慌忙地报了案。乡派出所进行了摸排，根据父亲的自行车确立了作案对象，把朱大爷抓起来。那些天，我妈脚板跑得不沾地。她从乡上回来说，朱大爷被打得吐了血，看上去很造孽，但又活该。后来，我妈又说朱大爷签了字，关在了乡上，以后还要押到县上去，听说要关二十年。我妈说这话时，撇了两下嘴巴，像是什么把她弄疼了。

我爹回来后的一个黄昏，从我家屋前的田埂上走过几个人影。走在前面的正是朱大爷，他弓着身子，像蚂蚁在爬。我妈对着那几个人影，冲着我爹说，朱大常，你个二杆子，看把人家害得刮骨生疮，你这下安逸了哇？我爹就戗一句，又不是我去抓的。

朱大爷被放了回来。现在，问题又来了。不是朱大爷杀了人，那是谁？为什么要扔在这里？这些，都成了村子里解不开的结。好在，与我家没了关系。我家又回到了原来的生活里，但这种说法似乎又不确切。是什么变了呢，我也说不好。细细想来，家里的空气似乎比以前更稀薄了。

现在呢，我爹独自抽着叶子烟，一锅接一锅，仿佛叶子烟不要钱一样。我妈呢，默默给我弟弟缝穿破的衣服，或者忙那些永远也忙不完的家务活，砍柴、割草、扯猪草、挖地、挑粪、种小菜……就说挖地吧，我爹一锄挖下去，我妈也一锄挖下去，我爹从东边挖，我妈就从西边。他们之间像结了一层冰，只剩下锄头和锄头的回应。

下午，我妈又在割苕藤。我呢，放牛。牛在坡上，想怎么啃就怎么啃。我坐在田埂边，面朝山坡，踩着苕垄，掏出《小兵张嘎》。这是我看过的第五本小人书，我打算再看一遍。

麒麟，你想做诗人不？还没翻开书，我妈就突然问。

啥子是诗人？

诗人就是能写诗的人。我教过你《断章》，写《断章》那样文字的就是诗人。

你站在桥上看风景，看风景人在楼上看你……我背起来，脑壳一晃一晃的。

一进六岁，我妈就总是要教我背诗。其中有一首很长，诗名我始终记不住，其中几句是这样的：我必须是你近旁的一株木棉，作为树的形象和你站在一起。根，紧握在地下；叶，相触在云里……

妈，我要当诗人我要当诗人，诗人很好玩的……

我妈满意地笑笑，弯下腰去继续割苕藤。我翻开书，看得入了迷。

不知过了多久，我妈突然伸起腰，喊了我两声，麒麟，麒麟？

嗯。我慌忙抬起头。

那天洗的那个尸体，你看清楚了吗？

看清楚了，都泡烂了，哪个认得到？谁知道是不是我爹。

那你看到右手那里有颗痣吗？

嗯。你当时反复地摸了好久，我还催你搞快点……

你敢确信？

怎么不敢？我爹不是也有吗？

但你爹的还要偏下一点点……我当时也怀疑，只是没多想……

我妈手里提着一把挽好的苕藤，眼睛定定地望着远方，像在想什么。愣了几十秒，我妈才弯下腰去，继续割。

我才翻了几页，就听见我妈“哎哟”一声甩掉了镰刀。我奔过去，我妈正紧紧地捂着左手食指，指缝里渗出了点点血迹。

背他妈的时，把手割得见骨头了。我妈要我屙点尿，屙在她伤口处，说这能止血。我妈“嗷嗷”地叫起来。我妈一叫起来，牛就抬起头，嚼着几根青草，偏着头朝这边看，嘴里“哞”了一声。

6

橘子成熟的季节，河边的橘林一片金黄。金黄沿着公路延伸，贴着河的两岸走，像给一幅画上了色。

我和弟弟在河边玩，这时候夏天还没尽，河水清凉。弟弟在浅滩里掀开石头，捉那鱼虾。我挽起裤腿，在河里奔跑，看水花开放。

小娃儿，过来。有人喊我。陌生人。我一步一步地走过去。

那人头发已经花白，凌乱得不近人情。眼睛布满血丝，红得像红墨水蘸过。

爷爷，你要问路？

老人坐在石梯上，点上一支烟，大前门。老人随手将火柴朝橘林里一扔，眼睛里满是倦怠。这时，我看到他夹烟的右手，竟然有六个手指。我在心里“啊”了一声。好半天，老人才说，你知道这里冲来过一具尸体吗？

你认识他？这太好啦！

你认识他吗？

都泡烂啦，认不到了，只知道他手腕这里有一颗痣，这里。我说着在手腕上比了比。老人的眼睛一亮，随即又像火光一样熄灭了。

造孽呀……造孽呀……老人吸了一口烟，定定地盯着水面，像水面背后藏着天大的秘密。见他不说话，我转身跑开。老人喊住了我。

小娃儿，那人好高？

我摇摇头。

胖吗？

我摇摇头。捞起来都泡肿了，怎么知道他胖不胖。

哦，记起来了，他有一条红内裤。

老人的眼睛又亮了一下。老人继续吸他的烟，他的烟都要烧着手了。

我听说那人已经葬了？能给我说说下葬的情形吗？给他穿了很好的衣服，装了很好的棺材，请了几支锣鼓，做了花圈，场面体面得很呢！

老人笑起来，满脸慈祥。等笑渐渐敛去，老人说，你想知道他的故事吗？

老人讲起来。

一个男青年和同村一个女青年是初中同学，耍得好。记得女青年第一次来男青年家是来坐谷芽，她动作很麻利，长得也漂亮。后来，男青年爱上了她。她也爱他。他们都喜欢诗歌，在男青年保存的信里，有很多女青年写下的诗歌。他们一起赶集，买了书，一个看完就借给另一个。他们说，将来要当一名优秀的诗人。相恋两年后，男青年的爹发现了这个秘密，就拿着生辰八字一算，女的克夫。男青年的爹就死活不同意两人在一起。他也真够傻的，我还没见过这么傻的人。婚事当然没有成，他逼得儿子跳了几次河，幸好被及时发现，救了起来。男青年也相过多次亲，却都没中意的。那女青年匆匆嫁人了，她肚子里怀了男青年的小孩，这都是后来才知道的……

老人说完，烟早就燃完了。老人将烟在脚下一摁，烟就碎成了一地渣。老人将目光投向远方，像落在水面上，又像落在橘林里，又像根本就没有落脚的地方。

小娃儿，你做过错事吗？过了一会儿，老人突然收回目光。

我把弟弟的铁环滚到河里去，捞不上来了。

那你后悔过吗？

挨了我妈一顿打呢，咋个不后悔？

哥，螃蟹螃蟹。快来。弟弟在浅滩里朝我喊。

我风一样冲下河滩。

7

一个月后，河里又漂上来一具尸体，身体泡烂了。死者是个老人，有花白的头发。他的双手环在胸前，像在努力抱着什么。有人猜测说，这人是不是抱着石头沉到水底的。有人立即就补充说，肯定是水把石头冲跑了，才浮起来。我看了看他的右手，惊叫起来，看，他有六根指头，快看！

我妈的脸一下子白了，像受到什么惊吓。

有人说，几个月内遇到两具死尸，这是不祥的征兆呀，我看还是把他甩到河里算了。

对，甩回去，就当没看见过。

我妈立即从人群里站出来，不行，这具尸体交给我，反正我家收了一个了，把他们葬在一堆，也好有个伴。

我爹铁青着脸，厉声说，于志英，你个瓜婆娘，你要找死呀。

我妈瞪着我爹，说，都在找死呀。我妈顿了顿，接着说，他们曾经也是人，有过我们一样的爱和恨，如果不是心死，他们会跳水吗？现在，他们成了孤魂野鬼，我们应该给他们一个家。

几个女的开始点头，几个男的也附和。我爹气冲冲地走了，瓜婆娘，瓜到家了，老子跟你离婚，等你跟两个死人过……我爹一路走，一路骂。

一天后，我家屋角又多了一个坟包。

我爹也就在这一天不辞而别，没有谁知道他去了哪里。弟弟拖着鼻涕，跑到土路上，望着我爹可能回来的方向。直到傍晚，也没看见一个人影。

我妈才换的电灯泡，六十瓦，照得屋子里亮堂堂的。我们一家三口围着桌子坐下，我妈做了可口的饭菜，很久没这么丰盛了。墙上叠出三个人的影子，三个头凑到了一起。

妈妈，你看，好好看。弟弟指着影子说。我妈看了一眼，笑了一下，却比哭还难看。

弟弟已经吃开了，饭桌上掉了很多饭粒。我妈就扬着筷子打他的手，你给我好生吃饭不？

弟弟“哇”的一声就哭了。

再哭，还打。我妈铁青着脸。

弟弟哭得更大声了，我要去找我爹我要去找我爹……

妈，我的爹呢？不知怎么的，我的眼圈一下红了。

我看见，我妈一个劲儿地往嘴里刨着饭，嘴巴撑得都包不下了，还没停下来。我还看见，我妈的眼泪“唰”地流成了两条河。

纪念一个难以忘怀的人

1

起初，我家的阿花狂吠不已，一声紧似一声，像有人在一刀一刀地割它的尾巴。

阿花是只老狗，打我一出生，它就在了。爷爷曾经说，强娃，阿花对你比对它爹还好，晓得我们家强娃是不是狗变的哟？爷爷说着，在我额头上弹一下，他的手枯得像杨树枝。我就把嘴巴撅得老高，可以吊一个油瓶，把额头皱得像核桃，翻白眼的同时，鼻子“呼呼”地出气。爷爷就又弹一下，呵呵笑起来，说，你看，真像一只癞皮狗呢。你小的时候，把你放在簸箕里，我在旁边剥包谷，阿花就过来一口一口地舔你。舔你脸、手，你舒服得安逸得，莫摆了。还舔你脚，舔一下，你笑一下，舔一下，你笑一下。咯咯咯的，像一只孵蛋的母鸡。爷爷这么说的时候，我就觉得我是天下最幸福的人了。

那晚，阿花把爷爷和我都叫醒了。爷爷翻个身，支起耳朵听一阵，然后又倒下去，说，这瘟丧，遇到鬼了蛮？是不是陆校长要回家哟？我听是朝着坟林那边叫的。爷爷牙齿掉光了，说起话来不管风，把“瘟丧”说成了“瘟伤”，“坟林”说成了“魂灵”。

我家屋后，新添了一座坟。是陆校长的，才葬下去一天。听爷爷这么说，我就打个寒战，把被子裹得紧紧的，仿佛陆校长深更半夜回家时，会在我家窗口瞅上一眼，或者直接叫醒我，谢强娃，起来，带你去找你爹。这是陆校长经常逗我的话，他说这话时，还刮着我鼻子。他明明刮着我鼻子，自己却把鼻子和眉毛皱起来。我就咯咯咯地笑。

爷爷骂完狗，就又倒下，睡着了。爷爷腿脚不方便，又出了一天的坡。爷爷越来越老了，有时候，“呼呼”地打着鼾，叫都叫不醒。

过了一会儿，阿花的叫声慢慢小下去，又呜咽了几声，夜就彻底静下来。后来，我迷迷糊糊地睡着了。睡梦里，我梦见阿花快要死了。我紧紧地搂着它，它的眼里包着泪水。它舔着我的手，舔着舔着，我就醒了。睁开眼，我的眼角还有泪水的痕迹。爷爷翻个身，然后我就看见他慢慢地挨下了床。爷爷披着衬衣，肋骨把胸膛划成一条一条的。爷爷开了门，光亮一下涌进来。我眨眨眼，彻底醒了。

啊？阿花阿花。爷爷嚷起来，声儿有些急促。

阿花直挺挺地倒在门前，前腿搭在门槛上。爷爷蹲下身，摸着阿花的脑袋，怎么回事呢怎么回事呢？昨天晚上，该起来看看的，唉……

爷爷打算到屋前屋后去，看看有什么异常。刚过了房屋的转角，就看到坟林里一堆崭新的土，垒得有人高。爷爷紧走几步，一点一点地升到坡的顶端。爷爷只能走这么快了。

事实再清楚不过了，陆校长的坟被人刨开了。爷爷这才想起，阿花一定是被盗墓贼毒死的。爷爷就恶狠狠地骂，做些死儿绝女的事，你咋个好死哦。

爷爷骂完人，这才尖着嗓子吼了一声，坟被挖啦，坟被挖啦！

这时候，太阳才从云层里出来。雾气还没散开，路两旁的草叶上闪着露珠。鸟儿的叫声东一声、西一声，村子还安静得容不下一声吆喝。

2

陆校长是我们村小的校长，我们都叫他陆爸爸。汶川地震发生后，在简易的帐篷里，陆校长摸着我们头说，小鬼们，你们爸妈都不在，我就是你们爸爸了，有什么困难就来找我……从那时起，"陆爸爸"就被我们叫开了。我这么叫着时，仿佛爸爸就真在面前。我爸爸在甘孜修电厂。爸爸说，甘孜海拔高，一到冬天，全是雪。雪可好玩了，我真想去看看，只是爸爸不让。妈妈也在甘孜，不过在另一个厂。妈妈说，强娃，好好读书，听爷爷的话，妈妈过年回来给你带好吃的。每次都是这一句，我都听烦了。

村小修在半山腰，我们村子在山脚。上学要经过一道陡峭的石崖，还得跨过一条山涧。夏天，山洪冲下来，阻了上学的路，陆爸爸就挽起裤脚，把我们一个一个背过去。

一到夏季，陆爸爸就要大家一起走。每天早晨，我家屋前那几棵银杏树下，就聚集着一群人。陆爸爸说，大家要准时哈，迟到的要罚一个拥抱。

陆爸爸的拥抱温暖、有力。我总是禁不住往他的怀里拱，仿佛那里有着春天的气息。

有一次，爷爷起得实在太晚了，我只得嚼着两根生红苕，站在银杏树下。那天，恰巧星期一，学校不提供营养早餐。那个上午，除了陆爸爸的拥抱，一切都糟糕透了。

不知怎么的，这段时间，蔡佳是个例外，对陆爸爸的脾气越来越大。当陆爸爸宣布这个处罚时，我听见她“嗤”了一声，脸上的那丝轻蔑真让人轻蔑。

每天，我们都在陆爸爸的带领下，像一群飞翔的小鸟，飞向学校。路上，陆爸爸会为我们唱歌，说笑话。不知道陆爸爸从哪里弄来那么多笑话，记得他问过我们：一块肉三分熟，一块肉七分熟，它们见了面为什么不打招呼？

我们这些小脑瓜转得飞快，也得不出答案。陆爸爸笑笑说，原因是它们都不熟嘛。我们哈哈大笑起来，笑声在山路上空回荡，荡得水波和炊烟也跟着一漾一漾的。

为什么熟人就一定要打招呼？蔡佳撇了撇嘴，脸调到一边去。

陆爸爸的笑就僵了一下。

要说，陆爸爸还是蔡佳的恩人呢。

那一年，蔡佳才读二年级。放学后，我和蔡佳在屋后的堰塘边疯。先是蔡佳抢了我的纸飞机，我冲过去夺。蔡佳嘴里“哇哇”叫着，一边往后退，一边用另一只手来阻挡我。“扑通”一声，还没等我喊出来，蔡佳已经跌下堰塘。我看见纸飞机在水面打着转，蔡佳的裙子浮起来，然后沉下去了。我傻傻地站在堰塘埂上，望着水面的漩涡，竟然完全忘记了呼喊。

好在，陆爸爸从山坡上冲下来，他放下课本，三五两把扯下衣服，纵身一跳，水面就破了一个窟窿，然后又合上了。过了一会儿，陆爸爸从水里冒出来，抹了一把脸，问，从哪里掉下去的？我用手一指，陆爸爸又钻了进去。第二次露出水面时，蔡佳就被救上来了。陆爸爸俯下身，给蔡佳做人工呼吸。好半天，蔡佳才醒过来。

后来，大婆扯着蔡佳，提着几把挂面，一个猪脖子，就要她拜陆爸爸为干爸爸。陆爸爸笑呵呵地接受了，回去时，硬塞给大婆五百元，说一点心意，不收下就见外了。

现在，蔡佳却不管这些。居然，还在背地里骂，骂得咬牙切齿的。有一次，我问蔡佳为什么，她陷入很久的沉默。再问，就对我吼起来，你烦，不要问了好不好？你以为你是警察呀？

3

听说，陆爸爸是在县上讲话时突然病倒的。那是教育局举办的表彰会，陆爸爸被评为十佳职业道德模范，并代表获奖者发言。言才发了一半，陆爸爸就不停地冒汗，声音抖得像在扯闪电。最先，大家以为是紧张，直到陆爸爸像根木头，“轰”地砸在地上，大家这才慌了，七手八脚地将他送到医院。

陆爸爸住进医院三天就死了，尸体运回的那天，大人小孩们约着到川心店去迎接。一路上，大家自发地燃放鞭炮，鞭炮声把整个山谷都填满了。大婆和我爷爷也去了，他们走得颤颤巍巍的。

唉，可惜了可惜了，还不到四十（袭）岁呀。爷爷说。

那不是？我们是看着这娃儿长大的。年纪轻轻就走了，我们这些老疙瘩还赖在世上，你说老天爷长眼睛没？你还记得不，那年救我孙孙的事？恩人呀。大婆说。

咋不记得了。这娃儿一辈子对人和和气气的，哪家没有找他帮过忙？去年的这几天，我去卖双月猪，一背背了两个，还是这娃儿给我背的呀。爷爷说。

不是说的话，我们村哪家的细娃儿他没照顾过？我们家孙孙要不是陆校长，成绩哪有那么好？细娃儿弄不懂的，他还给你讲。拿到那几年，哪个给你讲？大婆说。

爷爷头发全白了，身体干得像一块木板。大婆呢，背驼得翘到天上了。他们一路走，一路聊。鞭炮声不时响起，吞没了他们的声音。他们就凑近对方的耳朵，大声地喊。

爷爷喊，大妹子（纸），人是看不到的，能吃（骑）就吃（骑），能喝就喝。

大婆喊，那不是，我们能给下一辈帮到哪儿就帮到哪儿吧。我要是死了，最放不下的是我那孙孙。那个细娃儿，乖得很。天天晚上给我焐被子，我舍不得那个被窝呀。

喊着喊着，大婆爷爷的嗓子就哑了。

大婆转过身，对着蔡佳说，乖孙孙，还不放鞭炮，一直提在手头干啥子？

蔡佳紧绷着脸，将一串鞭炮挂在树梢上。点燃了，鞭炮声震得耳朵都要聋了。

祝—贺—你—早—死。蔡佳说得一字一顿，像满口咬着的是钢铁。

出殡那天，天气很反常。一会儿阴得很，云压得很低；一会儿又艳阳高照，乌云迅速后退，像得到谁的指令似的。远近的人来得不少，都来送陆爸爸最后一程。

那天，陪同棺材一起下葬的，还有几把木制直尺、三角板、圆规，教参书、课本、作业本、笔记本、草稿纸，还有厚厚一叠荣誉证书，都整齐地码在棺材旁。听人说，陆爸爸留下遗言，这辈子他为教育而生，也为教育而死。下辈子，他还当老师。要家人把他教学用过的东西，全部跟着棺材一起下葬。

陆爸爸生前喜欢喝酒。那天，陆爸爸的表哥也来了。他是提着几瓶茅台来的，表哥说，老弟为教育奉献了一辈子，连酒都没好好喝过。这次休息了，要好好喝喝。几瓶茅台也就下了葬。

那天，当土一锄一锄地掩下去时，全场人都流了泪。

哪知道，才一天，掩下去的土就又被揭开了。

4

蔡佳爹妈，去了外省。具体是哪里，蔡佳也说不清，一会儿是河南，一会儿在深圳，一会儿又去了新疆。感觉他们就像河里的水，一年四季都在往前流。至于源头，他们好像真还搞忘了。爷爷问过，佳佳，你想爹妈不？蔡佳正盯着手里的鸡毛毽子，头勾得很低。然后猛地抬起来，看爷爷一眼，跑开了。蔡佳的眼里包满了泪花，像生吞了一个朝天椒。婆婆在后面喊，这个死女子，爷爷问你话呢。

我出坡时，总会叫上蔡佳。蔡佳出坡呢，也会扯上我。她帮我割完苕藤，我去帮她背柴。或者，我帮她洗完菜，她去帮我拔萝卜。

大婆曾经望着我们的背影说，这一对很配呀。没有我们两个老疙瘩，他们也会照顾自己了。

爷爷总是乐呵呵的，是呢，好得很呢。

我和蔡佳一起上下学。那天，我们站在山冈上，夏初的山谷，满谷杜鹃，把村子都照红了。对着远山，蔡佳喊，妈。

爹。我喊。

爹妈。蔡佳喊。

妈爹。我用手做成喇叭，扣在嘴上，喊。

妈爹，你好搞笑哟。蔡佳哈哈笑起来，笑得身子一起一伏的，像一棵迎风的麦穗。

我们喊一声，山谷就回应一声。我们把自己喊出了泪花。

迎着风，我们冲下山冈。喊完爹妈，我们开始喊自己。

谢强。

蔡佳。

我们边喊边笑，又把自己喊出了泪花。

冲回家，额头上、身上都出了毛毛汗。爷爷从屋子里探出来，你们两个细娃儿疯了蛮，喊得山音子叠来叠去的。

说着，爷爷刮一下我鼻子。又拿来帕子，擦去我额头的汗，还把手伸进背心去，上下左右擦一遍。

大小伙子了，要学会照顾自己呢。没有谁能照顾你一辈子的，晓得啵？

擦完汗，我想滚一会儿铁环。还没在院子里跑上两圈，蔡佳就抓着书包过来了。这时候，太阳已经西斜，离傍晚还有一小会儿。阳光暖烘烘的，鸟儿们从这棵树跳到那棵树，好像怎么也跳不够。

蔡佳住在我家屋后，她家的院子阴得早，凉飕飕的。做作业时，蔡佳就把凳子搬到我家来。银杏树的影子，映在我们的书本上。知了的叫声，也花朵一样开在头顶。

我们先做数学题。我做一道，她做一道。然后，再把答案告诉对方。我们做一会儿作业，就抬头看一会儿门前的大路。这条路一直通往小镇，小镇会通往县城，县城呢，听说就四通八达。

爷爷正在屋前的黄瓜地里，刨呀刨，动作慢得像绣花。

谢强，你以后想做什么？蔡佳突然问。

建筑师。我要修一栋大房子，能住下全家人。我说的是全家人。你呢？你不是要当老师吗？

不。蔡佳看了我一眼，咬着牙说。

你说要带领小孩走出大山，挺好的，怎么改了？

我要当警察。对，当警察。抓坏蛋，抓那些欺负小孩的坏蛋。

那我就先把你这个警察抓走。说着，我抓住了她的马尾辫。

蔡佳一挣，马尾辫就从我手里滑出去了。蔡佳看着我，一字一句地说，我说的是真的，我要抓尽天下的坏人。谢强，你知道吗，坏蛋太可恨了。

你真逗，坏蛋不坏，是坏蛋？那不成好蛋了？

呵呵，对呀。那不成鹌鹑蛋了？

是臭鸡蛋吧。

……

爷爷看我们一眼，又看看地里的黄瓜。黄瓜长得茂盛，一个个虎头虎脑的。爷爷摘了两个，从地里抛上来，我稳稳地接住。蔡佳呢，却被砸到了脸。蔡佳咯咯咯地笑起来。

5

爷爷的喊声惊动了整个村子，人们匆匆从铺里爬起来，带着睡痕。展现在大家面前的，是裸露的棺材、凌乱的书籍。三角板断成了两截，圆规的一只脚在我家的屋顶上，一只脚压在泥土里。几瓶茅台呢，却消失得无影无踪，让人差点忘记了还有这回事。

警车很快就到了，勘察了现场，在扔下的锄头上提取了指纹。爷爷呢，做了笔录。做完笔录之后的爷爷，和我一起埋了阿花，爷爷忍不下心吃它肉呢。爷爷一边埋，一边说，阿花，等我到了那边，你还要投胎到我家呀，记到哈，我家的骨头最香哟。说完阿花，爷爷就又骂骂咧咧的，哪个砍脑壳的，这么毒，把人家坟挖了，人家又没逗你惹你，又不是把你老婆女儿惹了，你挖人家干啥子？

当天下午，案件就破了。作案的是邻村一个老光棍，警察抓到他时，他正躲在一个山洞里，抱着茅台一口一口地灌。

哎哟，我活了这么一辈子，还是第一次喝茅台。你们是谁？不要整我，整我我就喊警察。咹？你们就是警察？你说啥子哟，你豁哥哥，哥哥不懂嗦，警察都有盘盘帽。

当警察把帽子递给他时，他一下就弹起来。耶，狗日的，还来真的？

警察带走了光棍汉，听说也一并带走了一本日记本。有人看见过，日记本很精美，还用锁锁着。这时候，大家才想起，陆校长下葬那天，光棍汉也来了。有人说，当他看到那几瓶茅台时，眼睛都直了。

当天下午，两个警察就走进了我家。他们把一本日记本往桌上一扔，就扯过一条凳子坐下来。

谢强小朋友，不要紧张，叔叔问你一些事，你要如实回答。你们学校什么时候开始吃营养早餐的？

前年开学。我的声音有些颤抖。

每天都吃吗？

星期一星期三早晨不吃。

你知道每天国家补贴多少钱吗？

听说是四元还是五元。

够了，这些不用问他。这个，国家有政策，回去查一下就对了。一个对着另一个说。

警察接着走进了蔡佳家。大婆正在屋前泼一盆污水，看见警察，吓一跳，妈也，你们要咋子？我家那背时儿子犯了法蛮？那个砍脑壳的，这么多年不回来，一回来就带着警察回来？

大婆弓着身子，将盆子放回洗脸架上。盆子“哐当”一声，颠了两颠，就稳稳地坐在架子上。

警察二话没说，就进了屋，门跟着关上了。过了一会儿，屋里传出蔡佳的尖叫，还有大婆的吼声，你说啥子？那个畜生……

警察很久才离开，等他们消失在转角，大婆就急匆匆地走到我家来。大婆的脸阴得像要下雨的天，她二话不说，抓起电话就按了一串数字。

狗娃子，你一天到黑只晓得挣钱，屋都不落。你给老子马上回来，不回来我就死在你面前。

大婆对着话筒吼，气得胸膛一起一伏的。吼完，“啪”地挂断了电话。也不看我，踮着脚一点一点地走了。爷爷刚给猪仔添了食，拍拍沾满猪食的手，冲着大婆的背影喊，大妹子（纸）大妹子（纸），咋子（纸）了，日急慌忙的，娃儿们都有各自的事，你喊回来干啥子（纸）？大婆已经转过山墙，不见了。

6

一直以来，陆爸爸都义务为我们村子的小孩辅导作业。听爷爷说，这是从他当教师那天起就发誓要做好的事。这些年，陆爸爸辅导过的学生，好多都考上了镇上的重点初中。有的又进了重点高中，考上了大学。

陆爸爸把我们分成组，每天一组，周周轮回。这天，该我和蔡佳。我把陆爸爸布置的任务完成后，就乐颠颠地跑到操场，一边玩，一边等蔡佳。

这个季节，杨树坠着满树的花，在太阳下闪着光，地上满是星星点点的白。我努力耸耸鼻子，杨花的香就穿肺而过。我将地上的花一朵一朵地放在手心，手心满了，就放在地上。等我玩够了，一转头，突然就看到了蔡佳。她站在我身后，像谁欠了她钱不还一样。冲我喊，你走不走？说着，气冲冲地走在前面，马尾辫一甩一甩的，很好看。

我拍拍手，几步跟上她。怎么啦？

蔡佳头也不回。

究竟怎么了？陆爸爸骂你啦？

他是你爸爸，不是我爸爸。蔡佳回过头，冲着我喊，喊声比我家阿花的叫声还要大。她的泪水终于包不住，“唰唰”地往下流。

我闷闷地跟在蔡佳身后，像一个犯错的学生。蔡佳用手揩着眼睛，一会儿是左手，一会儿是右手。

对不起对不起。蔡佳突然转过身，抱住了我。她把我箍得紧紧的，全身颤抖着。

我伸出手，替她擦去眼泪。擦了，又有。擦了，又有，仿佛她的身体里装了一眼趵突泉。

哪个把你欺负了？你给我说，我帮你报仇。

蔡佳看着我，笑了一下。好一会儿，才说，强，你还想读书吗？

想。我要读大学，以后还要去甘孜看雪。

蔡佳又笑了一下。蔡佳笑起来真好看。

我也是，要好好读书，好好读书。我要走出这个山村。蔡佳说完，定定地看着我，仿佛我的脸上隐藏着大山之外的秘密。

好。拉钩。我伸出手，蔡佳也伸出手。我们钩在了一起。然后，我们飞奔着穿过树林，风在耳边“呼呼”地回响。蔡佳的裙子飞起来，像一只振翅的蝴蝶。松鼠在树枝上跳来跳去，还碰到过一只山鸡，它伸直了脖子，想要看看这两个飞奔的少年。

我们飞奔到屋后，坐在地上喘息。那里有片竹林，这时节，笋子虫可多了。一只，两只，我们装满了一瓶子。

亲我。蔡佳环着一根竹子，突然说。

啊？亲了会生小孩的。我怕。

蔡佳笑得直不起腰来，好半天，她才顾上骂我，你傻呀你。蔡佳说着给了我一拳，你亲不亲？

不。

真不？

不。

那，亲一下，给你十块。蔡佳从兜里掏出一把零钱，有十元、二十元，还有五十的。不知道是从什么时候开始的，蔡佳的零钱总是那么多，惹得我眼珠子常常暴出来。有一次，我说，你有一个好爸爸。蔡佳一听，就“嗤”了一声，用眼角瞄了我一眼，露出不屑的表情，仿佛我很幼稚似的。

……

见我犹豫，蔡佳抢过去说，二十。

不。

那我告你上周抄作文。亲我一下。

怎么亲？

笨。像大人那样亲。

我在她脸上草率地蹭了蹭。

哎呀，笨死啦，死谢强。蔡佳说着，扳过我的脸，她含住了我的嘴唇，过了一会儿，她又伸出了舌头，在我嘴里探来探去，像拄着拐杖的瞎子，找不到路一样。一种奇妙的感觉一下子跑遍了全身，是什么感觉呢？我可又说不清。

她停下来时，太阳正移到这个山坡，桉树筛出巨大的影子。几只鸟儿仿佛受到惊吓，“噗”的一声飞远了。

我脸烫得像火烤，垂着头看草地。草地上两只蚂蚁，一前一后地爬着。它们要去哪里？它们也是一男一女吗？

我想嫁给你。隔了好一会儿，我仍然勾着头。蔡佳好像盯着我的头说，她的气息喷到了我脸上，滚烫得像水蒸气。

这样，她又停了停，这样，就没人敢欺负我了。

7

自从警察进了蔡佳家，我就再也没见过她。站在她们院子边喊，我看见窗口闪过她的影子，一下不见了。大婆说，强娃，我们佳娃子身体不舒服，在家躺着呢。好了陪你耍哈。

我“哦”了一声，怏怏地离开。那天，我独自去捉笋子虫，左手是我的，右手是佳佳的。右手的比左手的还要多。我又把笋子虫放到火里去烤，烤熟后，掐掉翅膀和外面的壳，再掐掉屁股。往嘴里一扔，好吃极了。我吃完自己的那份，又帮佳佳吃。

很快，陆爸爸的流言都把村子塞满了。

有人说，他简直禽兽不如。

有人说，连细娃儿营养餐钱都要克扣，真该关起来。

关起来，怎么关？人都死了。

那就这么算了？

有戴盘盘帽的，你管那么多？那个杂种你看他人五人六的，想不到做起事来，心黑得很。

有人看见，蔡佳爹回来了。那是在大婆打了电话的两天后，那时候，天刚擦黑。蔡佳爹走得急匆匆的，像有狗在撵他。

过了一会儿，就隐约听到了蔡佳的哭声。我转过屋角，躲在墙边，缩着身子，我把自己卷得像一根白菜虫。

你打死我算了，呜，呜……蔡佳的哭声越发清晰。

你打人家干啥子？你还是不是人？人家还是个细娃儿。信不信，我死在你面前？反正我也活够了。大婆吼起来。

他奶奶的……我要把那个杂种杀了……蔡佳爸爸像要哭起来。

不用你杀了……那个遭天杀的……大婆停了停，声音小起来，你吼那么大干啥子，你怕大家听不到哇……

摔凳子的声音，碗砸在墙上的声音，蔡佳爸一句高一句低，骂人的声音……

深一脚浅一脚地回到家，爷爷已经扯亮灯，坐在凳子上，燃着一锅烟。爷爷把我拽过去，靠在他腿上。爷爷仔细地看着我，然后吐上一口烟，又看。爷爷摸摸我的头，又摸摸我的头，然后才专注地吸着烟。

蔡佳爸出去了一趟，走得地板“咚咚咚”的，像有人在敲鼓。爷爷去屋外拿拖鞋时，看到了他的背影。爷爷嘀咕了一句，咋个才回来就要走？还提个空壶壶，他想干啥子？爷爷像是问我，又像是在自言自语。

后半夜，村子里突然响起来“噼噼啪啪”的声音。红光映红了半边天，村子里的人都赶往坟地。人们看见，新垒好的坟重新被挖开了，棺材正在红光里熊熊燃烧。

新的土堆旁，躺着一只塑料壶。我还认得，那正是蔡佳家的。

当大家还围在火堆旁，叽叽喳喳闹着的时候，我看见蔡佳爸正拽着蔡佳，从我家屋前匆匆走过。他们拐上了大路，手电筒的光像一只萤火虫，一晃一晃的，走远了，消失了，消失了。我还看见，蔡佳一边走一边回头，火光映红了她的眼睛。她的眼睛里有火红的杜鹃、俊美的山谷，还有一个安静的少年。

鬼故事

我家母牛死了。

在牛的死讯传出去的同时，竹林里游魂的消息也深入到整个村子，速度有点像北风吹过金黄的稻田，惊慌的蛇游过水面，冬水田里的鱼碰到了网兜那般迅疾。天刚擦黑，各家各户就拴上门栓，早早地吹灭了油灯，埋在被子里，警惕着任何一种声响。

牛死去的第二天，我爹我妈去镇上卖了牛肉，晚上把剩余的一些边角料一锅煮了，邀请了几个邻居。二狗家来了爷爷，三娃家来了爸爸，四强家来了妈妈。四强的妈妈来得最早，从一过来就在灶屋里跑进跑出，添柴、打水、煮饭、蒸牛肉、洗菜，还忙里偷闲骂一句我爹和三娃的爸。我爹和三娃的爸揪着四强妈说一些男女之间牛都踩不烂的话，四强妈左手拿着蒜苗，右手里吊着一个滴着水的搪瓷碗，不急也不恼地骂一句狗日的男人，转身就进了灶屋。

等人都来齐了，几个男人就聚在火笼前天南海北地侃，从包产田到玉米的收成，从毛主席到邓小平，话头最后就不免落在了游魂上。

爷爷说，鬼没有啥子可怕的，我四十岁那一年，你才比平娃子大点点，爷爷说着转向我爹，目光又在我的脸上停留了三秒。

一天晚上，我从公社回来，月亮已经升得很高了，经过坟场下方时，突然看见一堆火，有几个人围着火堆说着话，一个说，我是三三年死的，那一年饿死了很多人；一个说我是被水淹死的，发大水嘛，妈的，老子想过河……我无心听下去，一低头，回家的路突然就消失了，面前是一个悬崖，悬崖下是滚滚滔滔的流水，我在原地转圈，却怎么也找不到回家的路，大家都晓得，村子就在几步远的地方。一定是遇到鬼了，我不慌不忙地坐下来，想点上一支烟，可是打火机怎么也打不燃，连一点火星也没有。我就想，老子就不相信我一个活人还怕你几个野鬼，我嗖地站起来，凭着记忆往上走，走进了那片坟场，朝着那个火堆走过去。他们的面孔看得更加清晰，我看见其中一个打了个哈欠，而另一个搔了搔头，还有一个瘸着一只腿，两只眼睛都瞎了，现出两个深深的黑洞。我当时就想，老子今晚抓个活的回去，炸着吃。我正往前走，很神奇，火和人眨眼间都消失了。除了地皮发热之外，整个坟场静悄悄的，空无一人。我看着月光下碑林的暗影，才突然有些怕，扑趴跟头地回了家。

爷爷摆到中途，我爹从火笼里拿出一根燃烧的柴，把嘴巴凑过去，准备点燃熄灭的叶子烟。然后我爹就插话说，有没有女鬼？披着头发的那种？爷爷说，不要打岔，没有没有，全是男鬼。

接着摆的是三娃的爸爸军爸。军爸说，阳叔，你那个算什么？我还不是碰到鬼了的。那一年，我还小，具体好大，我确实记不得了。

我跟我妈下河去背南瓜，回来的时候，我懒洋洋的，不想背，就边走边歇，边走边歇，我妈回家早就吃了晚饭了，我还没有回去，偏偏路又不好走，走到沙包嘴，当时的沙包嘴还没马路，你们知道的。我脚下一滑，背篼里的南瓜滚得好远，我就一个一个地去草丛里捡，捡第三个的时候，我摸到了一个软乎乎的东西，我以为是一件衣服，继续往上摸，就摸到了一个人的鼻子，我吓疼了，转身就跑，跑出了好远，却怎么也跑不到家，最后又跑回了原地。我突然就觉得自己碰到鬼了。两脚一软，就倒在路边。后来，我妈见我那么晚了还没回去，就和我爹举着火把喊着我的名字一路找来，才在草丛里找到我。

军哥，后来呢？我爹听得入了迷，叶子烟燃了半边，又熄了。我爹一边用火钳夹起一块木块点烟，一边问。

后来？后来我就醒了呀。哪有什么后来？哦，其实还真有，我第二天去了沙包嘴，怎么也找不到昨天晚上摸到的东西。真是奇怪。所以就越想越怕。

军哥，有啥子可怕的？是我我就对着它撒泡尿，看它能把我怎么样？我爹说完，猛力地吸了一口烟，然后吐出，整个房间里弥漫着浓重的叶子烟味道，呛得四强妈连咳几声，骂一句，这把老子呛的，转身就躲进了灶屋。

二狗爷爷磕掉烟灰，不紧不慢地说，莫把话说早了，你真遇到的时候，恐怕你的尿屙不出来。

不是，他是吓得屙出尿来。二叔，莫理他，想听你的故事呢。军爸的脸在火光的闪烁中黝黑发亮。

现在想起来，真可怕，我同死人睡过一晚。二狗爷爷把脸转向我爷爷，吧嗒地吸了一口烟，接着说，五四年，我去一个亲戚家吃酒，他家打发大女子，我们几个亲戚是第一天晚上到的，当天晚上我们烤着疙瘩火，摆着龙门阵，睡得很晚，我和亲戚的亲戚，一个老太爷睡一张床。半夜，我感觉全身冰凉，又喝了点酒，想起夜，等我一爬起来，趁着窗口照进来的月光一看，那个老太爷的脸变得像纸一样白，心想，他是不是死了哟。我又看到他嘴巴一张一合地动了几下，好像在说啥子，我这才将信将疑地起了夜，回来就怎么也睡不着，我又不敢惊醒其他人，就睁着眼睛熬到天亮。这个老太爷果然死了，婚礼变成了葬礼……

等到四强的妈出来叫大家吃饭的时候，我爹的故事还没开场。其实我最想听的要算我爹的故事，我爹讲故事总是很夸张，常常逗得大家哈哈大笑。

吃完饭，我趁着我妈出门送客的时候，偷偷夹了一块牛肉放在了碗里，然后把碗藏在一个空着的坛子里。待我爹我妈都睡着了，就蹑手蹑脚地起来，拿出牛肉，顺着墙根，来到我家和四强家之间的一个小土屋外，轻轻敲敲门，里面立即传来一串声响，接着是一声警惕的发问，谁？

我，牛肉还是热的，你快吃。说完，我快速地把碗顺着木门下方的一个洞口递进去。我转身离开的时候，四强妈猛地把门开了一条缝，哐啷一声，一盆洗脚水倒了出来，我赶紧躲到一捆干柴后，裤子还是湿了一大片。

东哥，其实是四强的二哥，那一年十六岁，一个月前被四强的爹妈关进了小屋里。东哥的事最初我是从我妈那里知道的。

几天前，我放牛时看几只蚂蚁搬运一只苍蝇的尸体着了迷，牛就跑到四强家的地里，偷吃了簸箕那么大的一片青菜。我妈顺手折了一根青杠树的树枝打我，我赶紧抓住树枝的一头告饶说，妈，我再也不敢了，期末给你考第一名，我保证……我妈的气还没消，冲着我大声嚷，老子早就给你说过，叫你做什么事都要认真点，放牛就放牛，读书就读书，也不要去跟女娃儿耍，不要学东娃子。学东娃子，我就把你关起来……

原来东哥是跟女娃儿耍才被关的？跟女娃儿耍也要被关呀？不是听说他见人就打、见东西就砸才关的吗？

我决定去问问四强。四强当时正在堰塘边扔石头，见我来了，他换了个地方，我知道他一定是嫌我满身癞疮吧。

四强，你扇不扇烟牌？我有呢。我摸了摸衣兜，远远地冲四强嚷嚷。对于烟牌，四强有说不出的喜欢。

四强犹豫了一下，不过还是过来了，我们找了块光滑的石头。那天，四强五指带风，一扇一个准，我则故意耍帅，操起两根手指高高地举过头顶，看似卖力地划过地面，而烟牌却纹丝不动。我自然输完了。扇完烟牌，我们坐在石头上，夕阳掉在水面，飞鸟划过头顶，我假装无意地说，四强，东哥是不是耍女娃儿才被关的？

四强一愣，惊诧地看着我，仿佛我是从另一个村子来的。你怎么知道？四强在空中摇晃的腿陡然停住，像遇到猎枪的野兔。

我听我妈说的。耍女娃儿就要被关起呀？

他把别人那个了！

那个？那个是哪个？

哎呀，说了你也不懂。四强又开始晃动他的两条腿，水面假装和他应和，也清澈地晃动着自己的两只腿。

你就说一下嘛。

哎呀，你见过一个公狗和一个母狗那个没有嘛？上次，你在沙包嘴还向它们扔石头呢。

哦。我的“哦”带着长长的尾音，仿佛明白了什么，又仿佛什么都不明白。

他们下课的时候就到学校后面的树林里那个，后来那个女娃儿就有了，就找——

等一下等一下，啥子叫“有了”？

哎呀，这个都不懂，就是狗怀狗崽崽了。四强傲慢地看了我一眼，仿佛我来的村子更远了。

哦。我仿佛听见东哥在树林里制造的巨大的吱呀声，像风刮过树梢，整个树林一起一伏，落叶却迎风而起。我小小的心像一只小小的蚂蚁，裹在落叶里，随秋风起伏，飘到了很远很远。

后来那个女娃儿的家人就找到我们家，她爹好像是邻村的村长，要我们赔营养费，我爹当场就把我哥扯过来，几块子柴砸在背上。我哥哭了，给女娃儿的家人跪下，说他爱她，她也爱他，他们要结婚。女娃儿的妈气得很，走过来给了我哥一耳光，说我哥污了他们女儿，她女儿嫁不出去都不会跟着我哥。

四强说着又向水中砸了一个石块，把水里的夕阳惊得一漾一漾的。这时候的乡村，四处都炊烟缭绕，唤归的喊声响彻山谷。这个黄昏，两个水边的孩子化作两个黑点，像一幅山水画中无意蘸下的两滴墨。

我哥好像着了魔，一天到黑嘴里就叽叽咕咕的，吵着说要跟那个女娃儿结婚。他还偷偷给那个女娃儿送饭、打水、洗衣服。女娃儿的家长三天两头找到家里来，每次我哥都免不了挨一顿我爹的打。我哥也犟得很，打就打，他就要跟她结婚，后来还干脆不上学了，初三了，不上学了，把我爹气得，又一顿饱打。就这样，我哥就像变了一个人，开始打人、摔东西，还要烧房子，我爹没办法，就把他关起来。

嘿，癞子，说话！说着四强用力顶了我一下。

那个女娃儿漂亮吗？

我和你一样啦，没见过活人。有一天，我看见我哥正拿着她的照片，笑得很开心，见了我就赶紧藏进了抽屉里。在我的央求下，我哥才给我看了照片，确实很漂亮。瓜子脸，歪着脑袋，头发随风而起。她笑着站在阳光里，身后拖着长长的影子，白色衬衣，奶子把衬衣顶得很高。她的左手被另一只手牵着，凭着手背上的伤疤，可以看出那是我哥……

老实说，我很喜欢东哥。

一次，我只顾着到河里玩儿，到了回家的时候背篼还是空空的，东哥就把自己割的草分给了我，使我没挨我妈的打。我也喜欢屁颠屁颠地跟在东哥后面，去捉笋子虫，手伸进洞里去抓螃蟹，漫山遍野地找乌贝子，甚至心惊肉跳地去抓蛇。有一天，四强爹妈出坡去了，东哥就偷偷地把凉粉拌好让我和四强吃，凉粉软软的，真好吃。

东哥就是这样一个人，可是他怎么犯了这样的错呢？

那天，在回去的路上，我们一路呼啸着冲向村子，少年的飞驰卷起沙尘，像东哥起雾的人生。

那以后，我常常有意无意地路过东哥的屋子。我想，不管怎么样，东哥还是我的东哥。有时候，趁着无人，我就闪到门边，东哥听到有人来，就狠命地摇晃着木门，或者从门缝里往外看。东哥曾经央求我把他放出去，可是我怎么敢呢？有时候，东哥会在半夜里唱起歌来，用身体砸门，用脚跺地，用头撞墙，或者嘤嘤地哭起来，搅得一个晚上的睡眠全废了。

心烦意乱的事情还总是层出不穷。

我家牛死去的第三天，对，绝对是第三天，我永远也无法忘记的一天。

住在肖家河的大爹要修房子，缺少土匠，我爹准备去帮忙。为了赶上早饭，我爹天麻麻亮就起床了。从我家一路向东，经过竹林下的小路，和那片坟场擦肩而过，不到一锅烟的时候就到了沙包嘴，过了沙包嘴，是一条马路，顺着马路一直走，就到了肖家河。我爹那天哼着歌出门，把天一寸一寸地哼开了。刚走到马路上，就看到一截圆乎乎的东西，有一人长，一人粗。我爹高兴极了，以为是一截木料，就想着要把它扛回家，冬天里好生火。我爹兴冲冲地走过去，双手一抱，才感觉自己错得伤心，那好像是人，却又硬硬的，再往上一摸，稀糊糊的，像血，还有温度。我爹战战兢兢地拿出打火机一照，原来……是……一个……并不认识的……脑袋，碎了半边的脑袋。我爹大叫一声，扔掉打火机，一路飞跑，乒乒乓乓地敲醒了我们一家老小。

鬼，鬼，鬼。我爹吓得语无伦次，我妈赶紧问，在哪里？我爹面无人色，用手指着村子的东边。然后身子一滑，倒在了地上。

爷爷赶紧和我妈把我爹挪到床上躺下，我也拽着我爹的一只胳膊。我妈打来冷水，给我爹洗脸。

爷爷说，休息一下就好了。走，平娃子，我们去看看，老子就不相信有什么鬼。爷爷说着操起一把才切过牛肉的菜刀。

我妈一把拉过我，把我藏在怀里，对我爷爷说，要去，你自己去。

爷爷转身就出了门。

爷爷回来的时候，天光已经大亮。爷爷带来了一个准确的消息，爸爸摸到的确实是一个死人，而且是只有半边脑袋的死人。同时死去的还有一个摔下树林的货车司机。据爷爷的判断这起事故就发生在凌晨，十五分钟前，或者二十分钟前。

爷爷回来的时候，我爹开始说胡话。他口中一直念念有词，鬼呀鬼呀，鬼呀鬼呀鬼呀，昨晚军哥才说在这个位置摸到一个死人，我就遇到了……我就遇到了……鬼呀鬼呀。

爸爸遇到鬼的消息迅速在村子里传开了，军爸是第一个到我家的，他摸着我爹的手说，老弟，哪里有鬼嘛，那是一起车祸，你运气不好，遇到了。没啥子的，不要害怕。要怕，也是鬼怕人才对。

我爹抓着军爸的手战战抖抖地说，咋个不是鬼嘛……鬼嘛，肯定是了，那么巧呀，你遇到我也遇到……

与军爸的看望不同，村子里的其他人家却远远地躲着我们，生怕沾上了我们的鬼气。四强妈就对四强说，你不能再跟平娃子耍了哈，他们一家鬼怪缠身，你看他全身癞疮，家里的母牛又碰到了游魂，他爹又摸到死人，哪个没有摸到就偏偏他摸到，你说是不是怪？四强，你老老实实待在家里，你越过这堵墙，看我不打断你的腿。

我妈喊我去邻村请阴阳先生，刚出了村子，就看见四强妈和二狗爷爷扛着锄头，站在青菜地头，只听二狗爷爷说，我觉得也是，肯定是做了什么亏心事……说着转身看见我，就假装扬起锄头去铲菜地里的杂草。

我东拐西弯，问了很多人，终于在一片果林里找到阴阳先生，他正忙着给温州蜜橘下枝。听到情况紧急，阴阳先生把剪刀一扔，剪刀就哐当一声。然后拍了拍手上的灰，跟着我出发了。

阴阳先生到家的时候，已经是下午，我爹的手脚开始发凉，盖着两床被子还直嚷着喊冷，我妈叫我把修房子剩下的一点沙在锅里炒热，再装到布袋里，放到我爹的脚边。

堂屋里，阴阳先生也在忙碌，他一边看水碗，一边念念有词，然后对我妈说，又碰到上次的游魂了，唉。

我妈急切地问，那还有救吗？阴阳先生说，有点难搞，差役已经走到半路了。我妈当场就哭起来。我赶紧去扶我妈，给我妈捶背。

爷爷焦急地问，就没有办法了？

阴阳先生说，办法倒有，就是要把你家的坟移了。你家那个坟呀，葬得有点欺人，棺材快伸到旁边那个无主坟了，就是那个坟的游魂在闹事，牛的事情也是因为这。如果不移，你家里恐怕还有麻烦。

说着，阴阳先生端着水碗到了院坝的东头，烧上纸，点上香，比比画画。火苗飘飘忽忽、若隐若现，灰烬卷入空中，然后散开了。

阴阳先生又到了我爹的房间，一边比比划划，一边念念有词，在房间里转了几圈。末了，还向我爹喷了几口水。我爹微微睁开眼，见是阴阳先生，全身一激灵，大叫起来，鬼来啦鬼来啦。

我妈赶紧带着哭腔说，哪有什么鬼呀？这不是在给你驱邪吗？我爹用手坚定地一指，指着阴阳先生说，鬼呀鬼呀。

我爹勉强拖到第二天，他生命的火把就熄了。家里乱作一团，我妈几次哭晕过去。爷爷还算镇定，张罗着向亲人族人送信，张罗着叫村里的人来帮忙，张罗着择阴地。我穿上孝衣，作为长子守在我爹的灵前。我糊里糊涂地被大人们牵来扯去，身体软趴趴的，居然在听祭文的时候睡着了。我父亲下葬后，爷爷又顺便将我婆的坟往远处迁了一点点。

家里总算安定下来，我好好地睡了一觉。醒来的时候，才哇的一声哭了。因为我想起了我爹，想起以后再也没有我爹了。又在家休息了几天，才远远地跟在二狗们的身后上学去。我尽管跟得很远，还是听到了他们的议论，说现在要离我远点；说指不定家里还要出什么事情呢；说亏心事是做不得的……我其实很气，想冲上去，见人就打。放学时我一个人走，想着以前我爹曾经在这条路上教过我滚铁环，我就难免有点伤感。记得有一次，铁环顺着石梯一路蹦蹦跳跳地冲下去，我爹瘸着腿在后面跟着跑，像一只兔子，可是哪里撵得上，最后只有看着它一头扎进了树丛里。想到这里，我竟然笑了。

路过东哥的小土屋的时候，我四下里看了看，慢慢地靠过去，东哥正抓着木门，从缝里往外看。这时候，一束夕阳正好打在东哥毫无光泽的脸上，他呆滞的目光里瞬间充满光芒。

平弟弟，可以给我一个钳子吗？我求你了！东哥的头发蓬松，结成了很硬的块。

你要干啥子？

我……我……只是用一下啦！东哥的衣服被抓得稀烂，一截肚皮就露了出来。

我不敢，我妈要打我。

她又不晓得，我只用两分钟就还你了，她怎么知道呢？ 东哥的裤腿撕开了。

我还是不敢！你找别人吧！

平弟弟，东哥现在只有靠你了，你不帮我，我就完了。

那……那……我还是怕。

求你了，就帮我这一次吧。东哥用力地抓住木门，仿佛要将手指陷进木头里。

那……那……你等一下。我转身跑开了，回到我家的土楼上，翻箱倒柜地找了一气，终于翻到了钳子，我把它藏在衣兜里。我左右上下地侦查了一番，没有发现有可以发现我的人，于是就从洞口递进去。只听见东哥在门框有锁的地方叮叮咚咚弄了几下，就又把钳子递给了我。我飞也似的跑了，刚上土楼，就碰到了我妈。我妈见我神神鬼鬼的，就拉住我说，不去做作业乱跑干啥子？

我想爹。

你想你爹就神色慌张？你是不是在撒谎？

没有……没有……我，我想起我爹……我就怕……

快去做作业！疮还痒不痒？

痒。

不要去抠哈，过两天我去你军爸家赊点药来。

嗯。

说着，我妈转身就走了，我知道她得去割猪草。

晚上，我睡得很早。我爹走后，做完作业我就早早地去睡了。我怕在煤油灯昏暗的灯光里，看见父亲的眼睛，我更怕在没有灯光的夜里父亲吱呀的一声推门进来，把我抱进乡村的深处，让我像枯叶一样烂掉。我就把自己捂得严严实实的，连头也裹在被子里。半夜里，我的癞疮痒得难耐，抠着抠着就醒了。醒来的我就听到了一阵窸窸窣窣的声音，从屋外传来。我屏住呼吸，声音好像来自竹林，似乎有人踩踏竹叶，似乎有轻微的咳嗽声，似乎还夹杂着其他说不清道不明的声音。我就这样竖着两只耳朵，等着天亮。直到房顶的亮瓦透出很大的光亮，声音才停止下来。

这一夜并不止我一个人听到了声音，一大早，四强妈就披散着头发站在我家院坝里，在我的角度看过去，她真真就是一个看不见脸的女鬼。

三嫂，你昨晚听到声音了没有？四强妈一边歪着头梳头发一边问。

听到了听到了。是啥子声音哟？

不晓得嘛，好像是从竹林里传出来的。

啊，就是就是。

不得嘛，难道……

四强妈没说完的“难道”其实大家都清楚——游魂。这个消息很快在村子里传开了，竹林，竹林，竹林，成了整个村子的中心。田间地头，茶余饭后，大家都在互相猜测。也有持不同观点的人说，可能不是鬼魂，也许是只狐狸？这个猜测马上就被顶回去，我在这里住了七十年了，什么时候见过狐狸？于是有人猜测，可能是只狗，在那里啃骨头？这个猜测也马上被顶回去，我都活了七十年了，从来没见过哪个狗可以啃出这么大的声音。还有人笑着猜测说，也许是一只公狗和母狗，它们在那个。这个猜测也马上被顶回去，我都活了七十年了，从来没见过两只狗可以搞一晚上的。有人提议说，走，我们去竹林看看？这个建议还是马上被顶回去，我活了七十年了，还想活几年，要去，你去。

第二晚，大家听到了。

第三晚，大家也听到了。

不得不严肃起来，村子里的人。竹林越来越成为一个恐怖的词，有孩子调皮了，大人就威胁说，再不听话，就把你扔到竹林去。听到这话的孩子马上就停止了哭和闹。

消息越来越不利于我们家。有人说，既然罪魁祸首是我们家，我们家就要想办法解决，不能让全村人来担惊受怕。于是有人就建议说，要我们家请阴阳先生来把屋前屋后都打整一下，还村子一个宁静。也有人说，光找阴阳先生还不够，干脆把竹林烧了，竹林不仅要蹿到坟林去，还惹出这么多麻烦。我妈听了，不禁骂出了声，哪个砍脑壳的敢烧我家的竹林我就烧他的房子。挨了骂的人回我妈一句，不烧，你家就还要出事。这话把我妈彻底惹毛了，我家出事关你球事？你家的事还没出，你他妈就等着吧。我妈骂完，就一把搂过我，摸着我满脸的癞疮，说，平娃子，你每天莫要乱跑，要听妈的话。

第四晚，四强妈天黑了好一阵才从亲戚家回来，刚走到我家屋前，一抬头，猛然看到一个红色的影子一晃，就闪到竹林里去了。四强妈自然吓得不轻，一路小跑到了我家，惊呼着拍打我家的门。

三嫂三嫂，见鬼了见鬼了。

我妈小心地把门开了一条缝，责怪地说，背你妈的时，见啥子鬼了?

就在竹林里，一个红色的影子。四强妈颤声说，身子像是在筛糠。

真的假的?

真的真的，要不，一起看看?

好嘛，平娃子，走。

于是，我们手牵着手，悄悄地躲在我家房子的拐角处。月光不是很分明，竹林现出模糊的轮廓。我妈紧紧地抓住四强妈的手，从拐角处往外望。我妈缩回来低声说，像是在耳语，果然有一个影子，红色的。平娃子，你过来看一下。我往前站了站，向模糊的竹林望去，那个红影一会儿站起来，一会儿坐下去，发出嘁嘁喳喳的响声。

原来每晚我们听到的竟是它发生出来的。

我妈低声骂了一句，狗日的，害死了我家的牛，也害死了我家的人，老子要跟你没完。

三嫂，要不，我家有把猎枪，打打看，起码吓它一下。

四强妈拿来自制猎枪，我妈找来一个背篼，翻过来，底朝上，把枪托放在上面，四强妈半蹲着，等到红色鬼影站起来，就毅然扣下了扳机。猎枪吐出红色的火舌，砰的一声，伴随着这一声枪响，竹林里传来啊的一声嗷叫。

这一声枪响彻底打破了整个村子的宁静，爷爷首先赶到了现场，接着村里人陆陆续续喊喊杀杀地过来了。火把连成了一条龙，大家互相壮着胆，朝竹林走去。

等火把围拢过去，人们惊呆了，东哥头部中弹，鲜血染红了身下用来过夜的稻草，身上缠着的是从庙子里拿来御寒的红绸。东哥的脸在火光中白得像一张纸，却分明洋溢着幸福的笑。

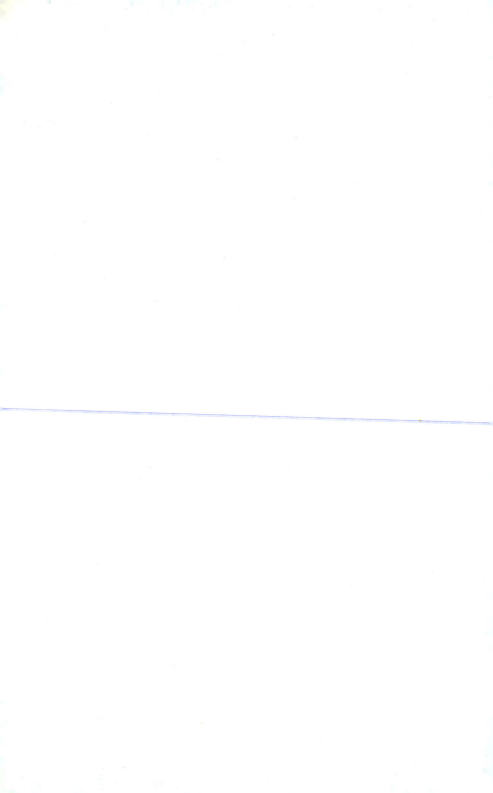

一万个舍不得

二十多年后，四强就是个糟老头了吧。我想。

二十多年前，四强还是中学生，像一只灰鼠，在川北的某个乡村举着头转动着眼睛左右张望。身后几只灰鼠像一群喽啰，鼻孔一张一翕地嗅着周围的空气，没有雾霾的空气。

1990年代初的乡村，天空是最大的抒情，大雁南翔，倦鸟唱晚，落霞染翠，云朵澄澈到可以看穿它的心事。多年前，我们无数次地举目望，挑逗似的，注目礼似的，心事重重地，心脏怦怦跳着跟不上节拍地……天空的回答都简洁得要死：阴沉着脸，哭丧着脸，笑嘻嘻着脸，红润着脸……那时候我们少年的天，也简洁得要死。我们望着天猜测自己的未来，但未来好大。那时候的人生才写了几行字，谁也猜不出小说的结局。四强、三娃、二狗和我挥动青春的画笔，肆意书写，成了某个乡村某个时空里最精彩的小说。我们说过，要好好学习，考个师范或者中专，我们拉过勾，我们要一直保持友谊，好到天涯海角。但承诺就像一则谎言，一失言就食了言。

几天前，偶然找到了四强的电话，我当即就抱着电话抽了。二十年，还是三十年？时间咔嚓一声的断裂，像冰山。

电话那头的小灰鼠，声音夹杂了些沙哑。喂？你哪个？

狗日的，就是那个臭小子，声音一点也没变。

你猜。

猜个鬼，自己说。

狗日的，那语气还是那个臭小子。

老子当年经常去你们家。

要是二十多年前我就这么说了，事实上我非常礼貌，我当年经常去你们家呀，你想起来了吗？

去过我们家的人可多了，连610家的狗都摇着尾巴去过呢，你算个球？

要是当年，四强一定这样指着我的鼻子说，事实上他只是说，去过我们家？亭子村？想不起来了。

老子当年上过你的床。

事实上我并没有这样说，而是礼貌地说，我们初中的时候一起睡过的，你尿过床，还记得吗？

睡过我的人可多了，你算老几？

事实上四强也没这么表达，而是想了半天，说，啊？这么回事呀？我初中跟谁睡来着？嗯，想不起来了。

老子当年请你吃过烟。

事实上我是这样说的，当时，你到我家耍，我专门去买了一包烟，大前门，还记得吗？

哦，我晓得了，你，你是刘一林。

当然啦当然啦。猜不出，老子要到深圳来砸你。

事实上我只说了前一句。

就这么定了，我要去找四强。不是去深圳，而是回亭子村。因为那里还有三娃，还有二狗，还有隔着的几十年的时光——厚厚的、软绵绵的时光。

乡中坐落在一个弧形的半山腰，倘若你在山对面的高处眯着眼看去，这个半山腰真像一把太师椅，学校两边的山梁是椅子的扶手，中间端坐着的恰好就是我们学校。学校前面的梯田一层层地向下延伸，像层层涟漪，一圈一圈地退，终于退到岩石下去了。

学校后面是曾姓的坟林，我们常常坐在墓碑顶上，有时也从这个碑顶飞到那个碑顶，或者一个接着一个跳下来，震得地面一片钝响。至于蜷在墓碑里，默默地看书，或者安静地想想心事，那是最文艺的玩法。现在想来，真够害怕的，倘若坟里的人一觉醒来，沉重地坐起来，拍拍你的肩膀，或者搔搔你的屁股，手指枯枝似的，哇——靠！

一天，放学的时候，四强听到了一串铃铛声，不由分说地拉上我就跑向坟场。一匹马，一个男人，一个照相机，对我们构成了无法抵御的诱惑。

610，照一张。

好贵啦，没有钱呢。

我借给你嘛，人家很难来一回的。来，我们从墓碑上飞下来，嗨，叔叔，我们从墓碑上飞下来，你能照吗？

当然。

610，你先飞，我断后。四强说。

直到今天，我还珍藏着我飞的那张照片：在我前方隐约可以看到一个人影，他是二十多年前的四强。倘若你仔细分辨，照片的后方还有一个小黑点，那是从教室匆匆赶来的三娃。

听说就在这片坟场，四强和赵华完成了他们作为恋人的每一步。

那是一个有着皎洁月光的夜晚，待所有人都睡下之后，四强偷偷地从学校围墙的一个豁口处翻了出去，待他轻巧地落地之后，赵华就化作一道闪电迎过来。两个身影闪进了坟林。

很静的夜晚，蛐蛐的闹声以及偶尔蹿出的野狗，足以吓坏胆大的人，但正在野生的、蓬勃的爱情却胆量过人。也许那个晚上，也迎来了整片坟场的节日，坟里所有睡着了的人，也都坐起来，围观、议论、指指点点。等到，周遭安静下去的时候，他们才又回到坟里，睡眠或者狂热地思念某个还健在的人。

那个夜晚，天知道他们都在坟林里做了什么。就在一墙之隔，一个班的男生正酣然入睡。

坟林的两边是茂密的竹林，竹林之外是几户人家。那时候，还没自来水，我们吃的水全得要穿过几户人家到一个井里去打。在下午自由活动这段时间，你会看到成群结队的学生们端着盆提着桶，或者干脆拿着饭盒去打水。洗脸、淘米、蒸饭都得用。

坟林之后，是一条马路，通往乡和镇，还有县城。有时候，会轰隆隆地驶过一辆拉砖的货车，货车过后，尘土飞扬。四强往往一头钻进烟尘里，拾起石子，石子穿越烟尘，掉落在车子的后面。

马路后面便是青山、农田、人家以及炊烟、挥舞的锄头或者挥舞的吆喝。通向山顶的路很陡峭，在最险要的地方还有一道寨门。寨门一关，随你坚船利炮都攻打不开。

山顶呈椭圆形，远远地望去，像一个奶头，“奶头山”这个名号就这么来的呢。四强告诉我这个秘密时，我惊讶地问，奶头是这个样子呀？四强就狠狠地戳一下我脑壳。二狗呢，二狗狠狠地骂一句，瓜娃子。

我和赵华曾经爬到山上去，坐下，静静地看云。静静地看着操场上打篮球的人、走来走去的人、散在四野的人。赵华伸出手来，捏了我一手的汗。现在想来，那时候的静其实是天崩地裂的慌乱。奶头上的慌乱。

四强，今天我和赵华去奶头山了，她的手……

事实上我并没这样对四强说，而是像说着一件很淡远的事。我先把书合上，镇定地看了一会儿四强，然后云淡风轻地说，四强，你知道吗？奶头山顶其实是以前修筑的工事，围了一圈石头，土匪攻上来的时候就能更好地防守。

哦。原来你的奶头是用石头砌成的。四强贼笑贼笑地说。

关三娃和二狗什么事呢，他们笑得直不起身，连天空的大雁也嘎嘎嘎地惊叫着，飞远了。一个老农，扛着锄头，怔怔地看着这两个在坟林里打滚的人。

现在回家的路方便多了，一条高速修到了离村子很近的地方。从成都出发，一路向北，就到了县城，从县城的边上画一条直线过去，十多分钟就到了学校山脚下。汽车呼呼地轰响，昂首挺胸地向半山腰进发。CD里传出庄心妍的《一万个舍不得》。

不要追问对与错，

毕竟我们深爱过，

有你陪的日子里，

我真的好快乐。

初二这一年，伊拉克和另一个国家开始打架，用飞机打，用飞毛腿打，散了学之后，我们就坐在课桌上想象地球另一端的场景。美国的反战人士说，人可以为保卫自己的家去战斗，却不为保卫单身宿舍去战斗，沙特阿拉伯和科威特是美国人的什么呢？既不是美国人的家，又不是美国人的单身宿舍，仅是一个堆放越冬柴火的棚子。但美国的炮弹还是在地面上开了花。当爆炸声从远方传来，我才真实地感受到战争是个什么东西。

后来，2007年12月31日，我记住了这一天，萨达姆受绞刑的新闻是在成都的家中看到的。那时刚睡醒，我的泪一下就下来了。

但在初二这一年，四强的袖珍收音机成了抢手货。一下课，四强的身边就围满了耳朵。赵华若有似无地看一眼，低下头去做作业或者在一张花花绿绿的纸上写着什么。后来才知道，那是花花绿绿的少女情怀，那些今天看来早就过时的句子四强却读得如痴如醉。

赵华跟我成了同桌，我们曾经坐过的桌子现在一定换坐了他人。

赵华小学是在县城上的。我敢打包票，去过县城的，只有她吧。二十多年过去了，完全淡忘了第一次见到她时我是怎样的表情，就连这个人也淡忘得只剩下一双大大的眼睛和浅浅的酒窝了。

1990 年代的乡村开始架设高压线，在大山里，马路边常常可以看到爬到电线杆上施工的人。有了电，煤油灯却仍然放在书桌的角落，等待上场，像一场球赛的替补。

赵华说，帮我挑一下灯芯。

赵华说，你往那边坐一坐，我没法写字了。

赵华说，你还有墨水吗？

赵华说，你好讨厌。

……

有一回，停电了。

这是个混乱的瞬间，拍桌子的，吆喝的，蹬地的……我掀了掀桌子，赵华说，你疯啦。我真的疯啦，我用手拍了一下赵华的腿，她像惊慌的麻雀躲开了。

想到赵华我浅浅地笑了笑，她成了我初中生活里不可多得的想象。车子开始爬盘山公路，陡、窄。二十多年前，这条路尘土飞扬，一些路段有很深的沟槽。一到下雨天，就溃烂得像大地的伤口。

庄心妍的歌声，忧伤得像脚下的公路，弯曲、盘绕和蔓延。

而我却不能给你，

给你想要的结果，

一万个舍不得，

不能回到从前了。

转过一个弯，就到了这把太师椅的一个扶手处。我在山梁上停下来，脚下的地里还有没拔掉的萝卜。对，就是这里，我仿佛看到了满地茂盛的洋芋苗。

那时候，我妈被当作人贩子关进了县城的监狱，家里乱得糟。此后我的生活开始在饥饿中度过。现在我仍然清晰地记得，热气腾腾的饭盒里，米只薄薄地盖住了盒底，有时还突兀地露出一截红苕。四强就常常把自己的米饭和鲜菜分给我。

忆起往事，不禁令人唏嘘。有一次，我准备提前去学校，四强有班主任办公室的钥匙。我走出了一里地，四强就喘着粗气追上来。

610，老子跟你一起走，老子陪你吧。

你妈……你妈同意吗？

我给我妈说，班主任要我帮他劈柴，她还将信将疑。管她的，我还拿了排骨，今天一起炖着吃。

到了学校，我们到寨门下去捡柴火，却惊喜地探到了去寨门旁洞穴的山路。这些洞穴凿在石崖的陡峭处，是防强盗、山贼攻上来用的。洞穴大、宽敞，也干燥。晚风吹来，撩起我们的头发，洞穴在背后呼呼作响。远处的山脉、升腾的炊烟、匍匐的学校、欢腾的归鸟……在夕阳下一一铺展开来。

610，是傻瓜。四强扯起嗓子对着广阔的田野喊。

四强，强娃子，没穿内裤。我扯起嗓子对着广阔的田野喊。

610，有两个鸡鸡。四强喊完，嘿嘿一笑，两颗门牙之间有很宽的一道缝。

四强，有两个鸭鸭。我边喊边扔出一颗石子，石子像喊声一样扔出了很远很远。

两个小娃儿，你们在搞啥？石子落下处钻出一个手拿镰刀的老太太来。

我们回到班主任办公室，折好柴，生好火，洗好排骨，夜晚就到了。得去偷点洋芋来。

月光很好，我们的影子映在马路上，时而分开时而交叠。顺着马路向下，就到了这片洋芋地，据四强说这是数学老师家种的。提起洋芋苗，轻轻一拔就露出一窝圆圆的蛋来。

啊，蚂蚁。四强赶紧去拍钻进衣袖的蚂蚁。

那，换一个地方吧。我小声说。

你偷了几个了？

五个。

我也五个了，不能偷了，这是老师种的呢。

回去的路上，我们欢快的脚步声惊醒了沉睡的鸟儿，月亮也一路安静地送着我们。当满屋飘着排骨香味的时候，我忍不住耸耸鼻子，深深地吸上一口。

再往前一公里就是原来的学校了，经过竹林，将车停在坟林后。《一万个舍不得》在车里低回，又飘出车窗，唱给那曾经的少年听。

驻足，驻足。二十多年前的马蹄声似乎还在，甚至连从碑顶上飞下来的身影还在。曾经，一个少年，躺在柔柔的草坪里，对着一本英语书哇啦哇啦地读，一抬头，就与高远的天空相遇。远方，在少年的心中却是朦胧的。

坟林下是一排宿舍楼。男生在右边，女生在左边，中间是老师们的单间。初二那一年，来了一位新毕业的音乐老师，姓张。她在自我介绍时就红了脸，在教《北京的金山上》时红了脸，在四强捣蛋时红了脸……一个少年从此觉得，脸红是世界上最好的色彩。一次，同音乐课代表去老师寝室兼办公室，窗子向外推开，展眼一望，是一片裸露的坟林。晚上，张老师会怕吗？

宿舍前面一排五层的建筑就是当年的教学楼了。现在，人去楼空，当年站在楼上向坟林眺望的少年，今天就站在对面，中间隔了很厚的青色时光。教学楼的墙体有些斑驳，甚至还有了手指宽的缝隙。5·12 地震的缝隙。新的初中已经搬到几公里之外的乡政府旁边了，听说原来的那口水井也枯了。

二十多年前的一个课间，教室里沸腾得似乎可以听见咕咚咕咚冒泡的声音。我哼着歌，一棵呀小白杨，长在哨所旁，根儿深杆儿壮……赵华正咬着笔杆做一道几何题，她眉头紧锁，听到歌声，用手肘碰了碰我，你你你，你唱歌好难听呀！她冲我笑了笑，露出两个小酒窝。像被一个炮弹击中，我立即停止了歌唱。直到今天，唱歌成了我最没把握的事情。

无人值守的晚自习，我去收作业，后排的几个男生脸上荡漾着诡秘的笑，不时还小声嘀咕着什么。四强神秘地把一个形似气球的东西在我眼前一晃，四强说，你摸摸。

滑滑的，软软的。

这是什么？我说。

套套。四强对着我的耳朵说。

套套是什么？

避——孕——套。

啊？！

我姑姑在计生站，你知道的，我偷的。送给你一个？我还有一盒。

再往前，越过马路是一片树林。那时候的课外活动，我总是一个人拿着书在田埂上走来走去，背政治背英语或者一篇文言文。有时候，我钻进树林里，架在桐梓树上，或者睡在石头上，我看见蚂蚁，一只，或者一群，爬过石头，淹没在草叶下，或者钻进裤腿里。麻雀、燕子或者黄鹂和斑鸠，也在这林子里陪斑驳的阳光唱歌。

一天下午，四强和赵华也走进了这片斑驳的林子，他们用嘴巴唱歌，用舌头唱歌，窸窸窣窣倒地的青草也在唱歌。

不幸的是，班主任曾老师刚好路过。

四强就站在了曾老师的办公室。等我和二狗站定了，曾老师才开始发话。曾老师满脸皱纹了，每根皱纹却纹丝不动。

我和二狗，是曾老师的爱徒。成绩稳居前三，二狗当班长，我是学习委员。三娃来通知我们时，我和二狗正端着四强的收音机听地球的另一端炮弹的轰炸声。

你说，会不会打到我们这里来？二狗说。

不得吧。那么远。

你说飞毛腿导弹能飞好多米？二狗说。二狗说话时总是唾沫横飞，像飞毛腿在飞，不知道他怎么有那么多的唾沫。

三百？

那一个人甩手榴弹呢？

这时候，我们听到了三娃的喊声，二狗、610，曾老师要你们快点到办公室。

啥事？

有人告你们耍流氓，曾老师很生气。

哼哼，骗我。不理他，不止三百米吧，还不如一个人甩手榴弹呢。说着二狗朝操场上几个打篮球的同学挥了挥手。篮球打了几个旋，从圈里蹦出来。

真的，曾老师叫你们两个快点滚去哈。不要说我没告诉你们，四强也在。

啊？四强怎么了？走，看看去。

不是我们不相信三娃，是三娃太不值得人相信啦。我敢打赌，我们班的男生都没人信他的话。他曾经一本正经地告诉我，赵华喊我和四强去树林里读书，她带了烤红薯，请大家一起吃。我和四强就屁颠屁颠地去了，小树林却静得连只蚂蚁打架的声音也没有。他还模仿赵华的字迹给我写过一封信，说了些肉麻心跳的话，我只用半节课的工夫就戳穿了他的伎俩。我说，赵华，你写几个字我看看。

赵华就愣着看我，写什么？

“我昨晚梦见你了”这几个字。

啊？为什么要写这个？不写，不上你的当。你找张丽写。赵华的脸一下红了大半边。后来我再也没有遇到过脸红的女生啦。

不是啦，你就写一下嘛，骗你你是猪。

你才是猪。

你写了我帮你做几道几何题。赵华最怕的要算几何了，她常常嚷嚷着，啥子尖尖角角哟，难死人不填命。

不行，你还要请我吃瓜子，先去买，我跟张丽一起吃。

果然，瓜子到手，一行字就摆在了我面前。然后，我就找三娃拼命了，硬逼着他去小卖部买了一袋瓜子赔我。

这以后，凡是三娃说的我都不相信。

但这次，我错了。

到了曾老师办公室，才知道四强真的完了。我和二狗双手紧紧贴着裤缝，站得笔直。曾老师不时地敲敲桌子，或者咳一声，我就在心里震那么一下。

这个事情，没那么简单，把你爹喊来。否则，不要来上课。最后，曾老师是这样做出处理意见的。

我看见四强像一根倒塌的烟囱，直直地向地上砸去。二狗和我赶紧扶起四强，曾老师摁灭烟，掐住了四强的人中。

四强在请了家长之后，转入了地下。我成了一个中转站，一会儿把赵华的信给四强，一会把四强的口信说给赵华。这样的情形并没维持多久，就在那个寻常的夜晚，他们再次成了全校的焦点。

碰巧查了女生寝室，赵华碰巧不见。顺藤摸瓜，四强当然也不在。

四强从此离开了我和二狗，像一滴水，被旋转的陀螺甩出了很远。

校长在全校大会上宣布，赵华留校察看。

再往前，就到了另一个扶手，公路左边是废弃的畜牧站，右边有一处人家，房子看上去已经很久没人住了，枯黄的草在寒冬腊月张望。还记得，以前这家里出入着一个跟我年龄相近的姑娘，长长的辫子，轻盈的脚步。她或许从未发现留意她的那个少年。

转过弯，再转几个弯，奥迪在山巅的沥青路面左右腾挪，满眼是苍松翠柏、鸡飞狗跳。我轻轻地按了倒退键，还是庄心妍。

爱你没有后悔过，

只是应该结束了，

一万个舍不得。

路边站立让行的少年，澄澈的眼睛，凌乱的头发，散落的鞋带，手里握着牛的缰绳，有汽车飞驰，牛也波澜不惊地啃草。我仿佛看到了二十多年前的自己，在高远而苦寒的地里埋藏，等待季节的犁铧来翻耕。

我将车停下来，对着故乡的土地饱饱地尿了一泡。我靠在车头上，发动机的声音细微而柔和，山脉的褶皱铺展了千年，满山的树木顺着褶皱往上爬，像搭着云梯攻城略地的士兵。我比任何时候还需要一支烟，或者两支，或者三支。但我没有吸烟的习惯。

再往前，就到了村小。四强支好摩托车已等在那里了。四强已经发了福，很大很大的福，是安禄山的那种。头发显然经过精心梳理，但劣质的摩丝出卖了他。倘若在深圳的人流里，我们擦肩而过，我想是认不出的了。

610，你还没有变哈，还是初中时的样子。来一支？四强从包里掏出烟，中华，还有打火机。

没有抽没有抽。

你整发了，也不来看我们了。四强说着，盯着我的车，发了一会儿呆。

打肿脸充胖子而已。

去年我到成都出差，没好意思来打扰您。我在二狗那里知道您的电话。

啊？那为什么没来？二狗也没跟我联系，我一直在找你们。

您读过大学，是知识分子呀，我们是大老粗，就不敢来打扰。您做的是事业，我们……

我突然失去了说话的兴致，沉默了五秒，我说，我想到二狗家看看，咱哥仨儿好好聚聚。

村小也已经空了，与邻村合并了。想当年，二狗、三娃、四强和我在这个土坝坝里扇烟牌、打木牛、翻跟头、滚铁环。夏天杨花开了，满树的银白，秋天稻子扬絮，漫天的蛙鸣……我们从这里出发，却走向了不同的方向，四强初中被开除后去了深圳的工地，现在混成了项目经理；二狗以优异的成绩考上了广元中师，后来回到村小当了老师。我当年没能考上中专，流着眼泪去了高中，开始了看不到未来的苦读。高考那年，恰逢高校扩招，我就有惊无险地考进了川内的一所师范学校。毕业后在中学里混了几年，就合伙开了一家文化公司。

我和二狗是从幼儿园开始的同学，二狗的成绩似乎永远地压我一头。二狗的后脑勺很平，看上去像一个木匠用过的锛锄。当我喊他锛锄时，他只会笑着来追我，倘若是四强，二狗就一饭盒扔过去，三娃呢，二狗就拿了眼睛狠狠地瞪他，三娃就低下了头。二狗是数学学习的高手，似乎天生对数字就很敏感，这一点可以从他给我取的绰号就能看出来。

一天，二狗扯开嗓子喊，刘一林。我就撂下笔，上讲台去拿数学作业本。二狗却转过身，在黑板上写下一串数字：610，说，满分才 100 分，你就 610，要上北大呀？二狗的嘴角又泛出兴奋的泡沫，青春痘耍赖似的栽在脸上。我的脸一下子就红了。这个该死的二狗。作为反击的一部分，我将二狗的曾学用轻轻地加了一个钩：曾学甩。渐渐地，曾学用反而被人们遗忘。

作为邻居，我和二狗一起摘过乌贝，割过华药，在山梁上比赛谁的嗓音大……现在想来，我青葱的少年时光，似乎总有二狗的陪伴。

小学时，二狗迷恋于扇烟牌，在学校祠堂旁的空地上恣意地挥舞。夕阳下山时，他爹就急匆匆地找到放牛的我。我说，二狗今天值日，可能在扫地。他爹就放心地回去了。

我在二狗必经的路口堵住了他。二狗回家就添油加醋地说，哎呀，你不晓得，老汉儿，今天的地之难扫，满地垃圾，扫完地，老师还喊我帮着做了办公室的清洁，不信，你去问。

初中时，我妈和他妈吵架，站在各自的屋檐下骂了一天一夜。起因很简单，二狗家的鸡跑到我家菜园子啄了菜叶，我妈不干不净地骂了几声，恰被二狗妈听到了。

那个周末，我第一次一个人去上学。上学，要走二十公里的山路。走着走着，就寂寞了，我摘下一根树枝，拍打着路边的野草一边唱《北京的金山上》。走过几个山弯，却看到了二狗，他正坐在一个像乌龟的石头上，书包静静地躺在屁股后。我昂首挺胸地走过他身边。

610，等你好久了。像一道闪电击中了我。我停住。转过身。怔怔地盯着。

啊，啊，啊，有什么事吗？

我们一起走。二狗说着站起身，拍拍屁股，抓起书包，追上了我。

半年后，我妈在一个夜色刚刚笼罩村子的时候，被潜伏的警察抓走了。二狗在我的哭声里找到家里来，那一夜，是二狗陪着我入睡的。

我有鲜菜哟，在饭下面放一放就热了。二狗说。

你没蒸饭的水了，用我的吧。二狗说。

我家的牛吃的草很少，你分一点去吧。二狗说。

你说什么？谁告诉你大娘在监狱？我上周才看到的，你再瞎说，老子对你不客气！二狗对别人说。

摩托打了几个响屁，消失在转弯的地方。这条乡村公路修好已经一年了，一直通向了村子里。我轻轻一点，音乐随即飘起来，顺着摩托的方向，车子缓缓地向山脚进发。

我是永远爱你的，

爱你我觉得值得，

只是不能再爱了，

不要追问谁对谁错，

毕竟我们深爱过。

再往下就是我们村子的一个堰塘，等到夏天插秧季节，这个堰塘就作为水源流到了每家人的田里。但让我们记住这个堰塘的却是三娃的死。

那是一个周末。在从学校回家的路上。

二狗说，我们去堰塘游泳吧。

堰塘有点深哟。四强说。

有好深嘛，那么怕死呀？有没有不怕死的？说着，二狗转向我和三娃。

我沉默着。三娃看了看我，又看了看二狗，然后拍拍胸脯，说，有。

看看人家三娃，大家看看。好，这么定了，下午四点，堰塘见。不能迟到哈，到时候学习委员点名呀！二狗说着转向我。

班长点班长点，哪有学习委员点名的道理？

好嘛，一言为定。

四点，我们有的背上装草的背篼，有的牵上牛，有的假装捧着一本书，见到堰塘，像见到夏天的一捧山泉。我还没脱完衣服，三娃已经跳下了水，然后是二狗，然后是四强。水花三溅处，几只山鸟扑棱着翅膀，阳光也撕开树叶投下的影子。影子又被大伙儿撕开了。

就在我纵身一跳的瞬间，我看见三娃渐渐下沉的脑袋。我沿着堤坝跑过去，一个猛子扎下去，我摸到了三娃。三娃紧紧抓住我，我被灌了满满几口水。我终于重新露出水面，长长地舒了一口气，摇了摇满头的水珠，四强和二狗也游了过来。四强说，610，你去喊大人，我们在这里救人，快。

四强，现在你去拉，你也要死，还是等大人来。四强一个猛子钻进了水中，二狗冲着一个漩涡说。

等大人手忙脚乱、哭爹喊娘地救起三娃时，三娃已经永远地离开了我们，他手里紧紧抓着的是满满一把泥土，掰都掰不开。

三娃就变成了一个小土堆。

在某个夜晚降临的时候，一个悲怆的女人点上香燃上纸，蘸着白酒，一点一点地洒向火苗。

事实上，这都只是我想象的画面。尽管三娃就藏在村子东头，但我一直没勇气走近那里。在外界看来，三娃已经在我的心中死去了。或许，这个多事的村子里，生的事总比死亡重要得多，恐怕连三娃的爸妈也未必还记得二十多年前的儿子了吧。

二狗伸出手来，有些迟疑，也有些粗糙。衬衣的领口有些发白，皮鞋上沾满泥土，显然才从地里出来。

哎呀，终于见到你啦，二狗。

就是，瓜娃子610，你终于回来了，等死老子了。二狗说。事实上，二狗只简单地说了一个字，嗯。

二狗，一直没找到你电话，一个偶然的机会，终于知道了四强的联系方式，才找到了你，这下好了……事实上，我还想像二十多年前一样给二狗一个粗鲁的拥抱。

就是就是，我也一直想着你们。二狗说。

事实上，二狗说的是，嗯。

二狗看我的眼光总是闪烁不定，他不时看看我的车，仿佛跟他说话的不是我而是车子。车子里《一万个舍不得》隐隐地飘出来，回荡在我曾经生活了二十年的村落。

不能回到从前了，
爱你没有后悔过，
只是应该结束了，
一万个舍不得。
我是永远爱你的，
爱你我觉得值得，
只是不能再爱了。

二狗中师毕业时结了婚。对方是一个镇干部的女儿，却没读过什么书，拖着长长的发辫，瓜子脸，衣服新崭崭的。不知怎么的，常常在夜里听到二狗妈大声责骂媳妇。二狗显然也不喜欢她，结婚不到一个月就搬到村小去住了。留下她坐在门口掰玉米粒，一颗，两颗，三四颗。

四强家。大彩电。二十年前见过的方桌。烤火器。以前的火笼填平了。

来，喝酒。哥们二十多年不见了，干了。四强举起杯。四强媳妇忙里忙外，女儿读高中了，怯怯地躲在另一间屋子里。

来来来，欢迎我们几个中最能干的荣归故里。二狗说。

满起满起，干了。四强说着拧开了瓶盖。

您看您，现在成了我们村最有钱的人啦。我们只有混日子啦。二狗说着，猛灌了一口。

就是就是。我四强白混了，每年挣的钱够不了娃儿以后读大学。四强一饮而尽。

到时候，找 610 借嘛。那时候，您莫认不到我们哈。二狗的嘴角又翻出了唾沫。

不好说。四强向嘴里扔了一颗花生。

……

四强说，初中毕业后，赵华回到县城嫁人了，听说老公是做工程的。后来，在县城见了一面，你们说咋了，原来那么漂亮，现在怎么就丑得那么不近人情呢？老实说，挺后悔见面的。

四强说，我们是不是应该去看看三娃……

二狗说，您上大学那一年，我就离了婚，现在一个人很自在。

二狗说，其实真想辞职跟四强去打工。要不，我给您打工吧，给我一个看门的工作就行。

……

来，喝酒喝酒。我再次一饮而尽。

来，喝酒喝酒。我再次一饮而尽。

来，喝酒喝酒。我再次一饮而尽。

……

这时候的天空，两个月亮高悬着，三个太阳像一道流星倏地划过。

村子空了。四野里袅袅的炊烟远了，唤归的声音没了。

大学毕业那年，我父母搬出住了大半辈子的家，把屋卖了，去县城，到西安，过着居无定所的生活。现在买房的本家也举家打工去了，房子空着，锁上锈迹斑斑，梁上的蛛网与地面的杂草，像是小说中最荒凉的伏笔。

我得离开了，我真得离开了。事实上我转身就离开了。只有车轮抓地的声音和庄心妍的声音经久不息。

一万个舍不得，

我是永远爱你的，

爱你我觉得值得，

只是不能再爱了。

分开了不代表不爱你了，

我心里你永远都是最好的，

……

回 家

0

参加完老王的葬礼，向以鲜并没急着走。他在一块石头上坐下来，卷上一支烟。他手有些抖，一边卷，一边往外掉烟叶，好不容易才将烟栽进烟锅里。烟锅是竹子做的，边缘被烧焦了，有些凹凸不平。向以鲜吸一口，力道有些猛，就咳起嗽来。

老王的坟是他自己挖的。老王死后只麻烦两个儿子倒了两撮箕土。老王是昨天夜里死的，按说，要在家里停三天。但两个儿子都有要紧的事，就请了几个抬棺的人，把老王往洞穴里一搁，就回各自的城市去了。

这半年，村子像着了魔，已经有好几个老人自杀了。

朱大嫂被疾病缠得不见尽头，觉得拖累儿女上了吊。李老栓忍受不了儿媳，躲到公路转角处突然撞向车轮，还为儿子挣了十几万。

这些人走了，向以鲜就是这个村子里最老的人了。向以鲜今年七十三，这是个自己都觉得尴尬的年龄。不是俗话说，七十三，八十四，阎王老爷不请自己去么？

一锅烟烧完了，向以鲜再卷上一锅。人老了之后，日子也就宽裕起来。没有急着要做的农活，抽一天烟也行。

向以鲜望了望村庄，他的目光掠过各家屋顶，掠过片片橘林，掠过排排香樟……向以鲜觉得，真美，都美。可惜，一个月后，这个村庄就得消失了。想到这里，向以鲜嘴角一抽，像是身体的某个部分突然受到重击。

向以鲜收回目光，搬迁似乎还是很遥远的事，现在可以不管。向以鲜现在要做的，是再陪陪老王。向以鲜抽一会儿烟，又看一眼坟头，像那里藏着的不是老王，而是他自己。

1

从坟地里回来，向以鲜就给儿子们打电话。电话里说，我生病了，你们快回来。其实呢，向以鲜没在哪里碰着磕着，一顿还吃两碗饭，几块肋巴，或者一截香肠。

大儿子向内在县城经营一家建材店，这两年受建筑业影响，生意一点也不好。大儿子说，爹，你等等吧，我把这批货处理了就赶回来，你放心吧。

二儿子向外呢，跟着孙子一家在河南。五年里，就回过一次家。那一次是孙子的婚礼要在老家办，向以鲜就乐颠颠地种好菜，把猪也喂得肥肥的，逢人就说，我二孙孙要结婚呢，我得准备准备吧。

向以鲜一笑，就露出了几颗豁豁牙。

二儿子接到电话，说，爹，我给你买了两件衬衣，你穿着保证精神。还买了铁棒山药，可以健脾抗衰老。又说，本来想买新郑大枣的，怕吃了甜的血脂高。到时候，我就给爹带回来。

向以鲜就说，别说这些空话，我就问你，我现在就病了，你什么时候回来？

回来？向内停顿了一下，显出认真思考的样子，然后说，哎呀，爹，你不晓得，出门在外身不由己呀。这些天要带孙子，孙子正是走路的时候，儿子儿媳又要上班。咋个整？哥哥要近一些，喊他先照顾着，我们找到保姆我随后就回来哈。爹，你就放心吧。

鬼扯哦，我还不晓得你。那你把你的孙娃子一起带回来噻。

爹，这个鬼娃娃才一岁多点点，还在吃奶粉，瓶瓶罐罐的，那么好带的嗦。况且，这个娃娃我一个人还搞不定呀。放心吧，这就去找保姆，过两天就回来。

那我等你回来收尸哈。向以鲜“啪”的一声挂了电话。

这个春节向以鲜是一个人过的。向内说，爹，涛娃子要带女朋友回来，今年就不能回家过年了。向外说，我离得远，今年又没挣到钱，儿子要在城里买房子，爹，我明年回来吧。

除夕那天晚上，向以鲜炖了一大锅猪腿，炒了猪肝，切了香肠，砍了肋骨。当菜都端上桌时，向以鲜才突然觉得，这满满一桌子是有些多了，或者说太多了。向以鲜就慢慢吃，吃得自己实在撑不下了，还在吃，像跟谁赌气似的。

当然，这不是向以鲜第一次一个人过节了。以前，他总对儿子们说，你们忙，路远，路费又贵，难得跑。哪知道，儿子们拿这些当挡箭牌，几年没回来时，自己又后悔了。

向以鲜挂了电话，气呼呼地上了床。枕头有些味儿，汗味、叶子烟味、口水味，啥都有。上了年纪之后，手脚不太灵便，就懒得洗了。

刚才自己装得一点都不像，一个病了的人，声音哪里有那么硬气？向以鲜突然想。

向以鲜望着屋梁，屋梁上挂了些蛛丝网。向以鲜不止一次对着它们说，总有一天我要把你们扫干净。只是说归说，向以鲜也懒得去找竹竿了。

应该是这样的，向内，我……我……我……病……病了，起……起起……起不了床……向以鲜装出一副有气无力的样子。

向以鲜突然就想笑，只是这笑有些变味，仿佛比哭还难看。

向以鲜就又说了一遍。再说一遍。第三遍的时候，居然忘词了。向以鲜就吓一跳，万一接电话时，发生了这样的事，那就……

《狼来了》的故事，向以鲜小时候是学过的。想到这里，向以鲜就打了一个寒战。

向以鲜于是就反复练习，直到脑门上冒出了密密的汗珠。只是越练习，向以鲜越没信心，不是这里出错，就是那里出错。向以鲜就长叹一声，在心里怪自己这辈子连谎都没说过。

如果儿子问起得了什么病，就说癌症。不对，那得去检查。说感冒，也不对，得咳出来，况且病情太轻了。要说肠胃炎，山脚下王医生检查的。对，就这个。万一说漏了嘴，或者语气不像怎么办？

大花猫“喵呜”一声，蹿了进来。这只大花猫陪着自己有些年头了，儿子们不在的时候，向以鲜就对着猫说说话。说来也怪，再烦，只要你一说说话，心里就好受了。和你说话的，哪怕是一只猫，或者一棵树。

向以鲜就对着大花猫说，要是你当我儿子就好了。又说，不得行哦，那我不成了猫的爹了，要得啥子？停了一下，又说，猫猫，想撒个谎又装不像，你说咋办？

大花猫像听懂了似的，朝着床头看。又一纵跳上床来，朝着向以鲜“喵呜喵呜”地叫了两声。一边还拿出爪子，轻轻在向以鲜的手上拍。向以鲜就起身，抱着大花猫，用手轻轻梳理着它的毛发。大花猫一副很享受的样子，在主人的怀里响起了鼾声。向以鲜觉得，这是很温暖的时刻。

梳着梳着，向以鲜就突然想，只有自己真病了，才能把假戏做真。于是，向以鲜悄悄下了决心。

2

这里是垭口，张寡妇的二层楼房就修在马路边。一楼辟出一间来，卖点零食和烟酒，其余的空地摆了一桌麻将。

张寡妇叫张秀蓉，前些年，丈夫在煤窑挖煤，遇到瓦斯爆炸，死了。那一次，张寡妇又哭又闹，煤矿赔了几十万。加之张寡妇善于经营，大小的钱都不嫌，这些年很存了些钱，竟成了远近闻名的“富婆”了。

向以鲜出现在麻将桌旁时，打麻将的人并没看出什么异样。其实，他已经一天没吃一口饭了。向以鲜是拄着拐杖来的，走得一步一挨。本来并不远的路，却歇了很多次气。

麻将室里的四个人正忙着摸牌、出牌。也有人把烟从嘴里拔出来，吐出一个个渐渐散开的烟圈。他们五十上下，在外打过几年工。这几年工作并不容易找，就留在家里了。没事时，吆喝一声，凑一桌，把钱从这边摔到那边。

向以鲜像以往一样，找个角落坐下来，看他们摸牌、出牌。有人说，向叔，来，打起。

向以鲜就嘿嘿一笑，露出几颗缺牙，说，不会，看你们打。声音也是恹恹的。

我教你。

我是死脑筋，学不会。

你又不缺钱，有拆迁款呢，怕什么?

向以鲜就又嘿嘿地笑，继续看牌。

对于打牌，向以鲜真是死脑筋。看了几年了，还只是认识几张牌。尽管这样，向以鲜一有空，就不自觉地往麻将室凑，一看就是一整天。饿了呢，就在张寡妇家吃上一碗面，顺便挑几筷子给大花猫。打牌的打饿了，也请张寡妇煮一碗，有时下点豌豆尖，有时添几片青菜叶，不贵，才五元。

多数时候，向以鲜就这么安静地坐着，但他也有砸场的时候。一年前了吧，有一次向以鲜让张寡妇炒了一碗饭，备了一盘花生，打了二两枸杞酒。

按说，这点酒向以鲜根本不会醉。但那次，却醉了。他骂骂咧咧地喊向内，喊完向内，又喊向外。向以鲜一边骂，一边把酒杯往地上砸，玻璃碎片就飞到麻将桌上，划伤了打牌人的手，血流了一桌子。

哎哟，鲜叔，你小心点嘛。那人把中指伸给张寡妇缠纱布，又对张寡妇说，我不是给你比中指哈，嘻嘻。

莫喊我鲜叔，我是你爹。我是爹，咋个要爹小心点？你啥子意思？向以鲜像吃了火药，又“哐当”一声把碗砸碎了。

那人愣了半晌，向以鲜却没停下来，你这个遭五雷轰的，我就是你爹，走到哪里都是你爹……

那人走过去，指着向以鲜的鼻子骂，你个老不死的……

那一次，差点打起架来，如果不是张寡妇横在他们中间的话。

今天，向以鲜看得有些心不在焉。咽了几回清口水，肚子饿得咕咕响。向以鲜想，待会儿还能走回去不？正这么想着，袖子被张寡妇一拉。

鲜叔，电话，你儿子的。张寡妇说，神色却有些诡秘。打牌的人迅速瞟一眼张寡妇，又用余光瞟一眼向以鲜，继续出牌，仿佛什么也没看到似的。

向以鲜就抓住扶手，偏偏倒倒地往楼上走，张寡妇的电话放在二楼的客厅里。

一背过人，张寡妇就往向以鲜的腰上捅，死老头，两天不来了，又在哪里去找相好的了？连老娘都不要了？

向以鲜就嘿嘿地笑，向以鲜觉得，自己连哈哈都打不圆了。

客厅里电话安静地卧在茶几上，向以鲜知道，它从来就没响起过。张寡妇把门一关，就将向以鲜推进了卧室。

张寡妇把自己脱光了，向以鲜像吃面条一样，吃得“嗞嗞”地响。张寡妇今年五十二，早年又生养了几个小孩，那两张皮囊早就干得像树皮。今天，向以鲜吃得格外香，仿佛“嗞嗞”声能填饱肚子似的。

吃完，向以鲜掏出五十元。张寡妇一把打掉他的钱，说，还给钱还给钱，给你说过多少次了，就你钱多？死老头，我们结婚了，天天让你吃，让你吃个够……

向以鲜就又笑一笑，说，老汉家哪里还吃得动？我那拆迁款要留给两个儿子，动不得呀……

哪个是看你那点拆迁款？你说这话真没良心，可惜我白跟你好一场。我问你，我跟你好时，你有没有拆迁款？你婆娘死得早，一个人把两个孩子拉扯大，人都老了，再不要女人……你看你这辈子跟女人干的那事都数得出来……我可以好好照顾你……你哪里吃亏了？

向以鲜还是笑，仿佛笑是一件急着要做的事。向以鲜又把钱往张寡妇胸前一伸，说，拿着吧，一个女人也不容易。

张寡妇看看钱，再看看向以鲜，一把抓过钱，转过身，丢下一句话，不知好歹的东西，你总有求我的时候。边说，边提着水瓶就走。

向内向外要回来了。向以鲜说。

张寡妇脚下顿了一下，说，你都说过好多次了。

这次是真的……

真的又怎么样，还把老娘吃了？

向以鲜还要说什么，张寡妇“笃笃笃”地走了。

3

两年前，向以鲜悄悄跟张寡妇好上了。

先是，向以鲜看不清针眼了，衣服烂了洞，请张寡妇帮着缝。每次缝完，向以鲜就多多少少给点钱。向以鲜看出来，接过钱，张寡妇喜滋滋的。

一来二去，双方形成了默契。有时候，做不了的庄稼，或者生了病不想做饭，向以鲜都请张寡妇来帮忙。张寡妇拿过钱，说一声鲜叔收钱了，就走了。向以鲜觉得，谁都不欠谁。

事情发生在后来。那天，张寡妇来家里缝被子。缝完，张寡妇把被子放在床头。向以鲜掏出五元钱，张寡妇这次却推推搡搡地不要。向以鲜就往她裤包里塞，张寡妇就抓住了那只手。抓得有点久，向以鲜就去看张寡妇的眼睛。张寡妇眼里的那丝光，向以鲜当然懂。那天，他们滚在了一起，把新缝的被子也滚乱了。向以鲜后来坚持给了五十元，看得出，张寡妇也是喜滋滋的。

有些事，一旦开始，就再也停不下来。有时是在向以鲜家，有时是去张寡妇家。向以鲜觉得，自己去张寡妇铺子上看麻将，也在悄悄发生变化，除了打发时间，他还在期待着什么。

变化的当然还有张寡妇。向以鲜清楚地记得她喊自己“死老头”的情形。

那天，打牌的都走光了，张寡妇关了卷帘门，炒了几个菜，说要给向以鲜改善改善伙食。

饭桌上，张寡妇一边刨着稀饭一边说，死老头，我想跟你结婚。

向以鲜心里一阵战粟。不是因为“我想跟你结婚”，而是听到了“死老头”。

最后一次听自己女人说“老头子”，是在四十多年前了。那时候，向以鲜和她总是黏黏糊糊的。也不知是从什么时候开始的，女人就喜欢喊自己“死老头”了。干了那事后，女人会戳着他的肋骨说，死老头，你老不正经了……或者问，死老头，你老了，我也老了，哪个照顾哪个？不等向以鲜回答，女人抢着说，当然是我照顾你啰……想不到，七六年涨大水，女人为保护向外，自己却被洪水冲走了。这以后，就再也没人叫过他了。

见向以鲜发愣，张寡妇踢了他一脚，问你呢？

啊？我这把年纪……向以鲜像被一颗石子硌了牙。

这个年龄咋了？你看王家湾那个王双和李瑾没有，人家不是七十多才结的？你没女人，我没男人，咋个不可以结？

儿子们——

向以鲜还没说完，就被张寡妇抢了去，儿子咋子了？你为他们操了几十年的心，他们为你操过心没有？他们一年回来看了你几回？有自己的儿女了，眼里就再也没有妈老汉了，我家两个狗日的还不是一样……

……

死老头，莫嫌我。你一没钱，二没家业，我图不了你什么。你人老实、本分，对人好，这就够了……我可以照顾你，儿子们靠不着，说个不该说的话，哪天你走了，哪个来收尸？

……

实在不行，我们搬到我娘家住。我爹我娘死了后，房子还空着，又临马路，随便做点小生意都可以养活两张嘴巴……树挪死，人挪活……

……

向以鲜不是没动过跟张寡妇一起生活的念头，但总是迟迟下不了决心。

4

向内……肠胃炎……回来……说完，向以鲜拨通了向外的电话，你狗日的……回来……

再也说不出多余的一个字，向以鲜就挂上电话，长长地舒了一口气。四天了，就为了这个时刻。

重新躺回原位，向以鲜才发现，手还抖得厉害，牙齿磕碰得“咚咚”响。

这几天，向以鲜躺在床上滴水未进。大花猫从屋内蹿到屋外，一副着急的样子。它跳上床，用爪子拍着向以鲜的脸，向以鲜就让它拍。恍恍惚惚中，向以鲜觉得那是向内的手，又像是向外的手，又像是张寡妇的手。小时候，向以鲜的母亲也这么拍过自己的。

接下来的事，向以鲜就不记得了。电话就在手边，似乎响起来，又似乎没响，谁知道呢？他沉沉地睡死了。其实，在向以鲜看来，就这样走了，也是很好的。但真这样走了，还是有些放心不下张寡妇，自己就歪歪扭扭写了一张纸条，压在枕头下。

不知过了多久，几天，还是几小时，向以鲜被一只手摇醒。是张寡妇，满脸挂着泪。

几天不见向以鲜来看打麻将，张寡妇就抽了个空找了来。推门一看，张寡妇就吓坏了，赶紧去叫山脚下的王医生。

王医生测了脉搏，看了看舌苔，说，有点发烧了，给向以鲜吊上盐水。吊完一瓶，向以鲜觉得好多了。张寡妇就给向内打电话，催促他赶快回来。向内在电话里说，昨晚县城下暴雨，把铺面淹了，今天得救灾，不然，几万块的东西就完了。等两天再说吧，你放心，我也是做妈老汉的人了，道理我是懂得的。俗话说，屋檐水点点滴……

话还没说完，向以鲜一把夺过电话，对着向内说，向内，赶快回来，房子的拆迁款放在家里不安全。

为了安全，向以鲜把钱挪了好几个地方了。先是枕头下，接着装进空坛子里。甚至，向以鲜也想过在屋子里挖个洞，埋进去，但土是新鲜的，更容易被人发现。最后，向以鲜只得把钱藏在谷子下面。

不等向内回答，向以鲜就挂了电话。又打电话给向外说，向外，快回来，你哥一会儿就去存拆迁款。说完，“啪”地挂上电话，仰面倒在床上，“嘿嘿”笑起来。这笑声，把张寡妇瘆得向后退了两步。

张寡妇下了几筷子面，向以鲜吃得都呛起来，轻轻地咳了几声。大花猫也“喵呜喵呜”地望着它，眼里的光彩分明是在说，你怎么了你怎么了。

张寡妇有点事，先回垭口了，说晚上再来陪。张寡妇一走，向以鲜就端着板凳坐在院子里。这时候，春节刚过。过些天，椿芽树就会抽出红红的嫩叶，芍药会从土里冒出来。麦苗也还浅，没能盖住黄色的土地。向以鲜望向村子外的一个场坪，那里现在一辆车也没有，像一张摊开的手帕。明明在几天前，这里还停满了车。车的号牌有云南的、广州的、湖北的……拼起来就是半个中国。那几天，整个村子里飘着的都是汽油味，向以鲜闻着头都晕。现在想起这些，仿佛是好早的事了。

向以鲜居住的村庄，要搞旅游开发。这本是几年前的事了。才传出消息那阵，向内向外每天往家里挂电话。等大家都以为这事儿过去了的时候，事情却取得突破性进展。拆迁款都下来了，搬迁会是下个月的事。向以鲜领到钱后，跑到张寡妇家喝了一杯，就将喜悦表达得干干净净的了。对两个儿子，他只字未提。他隐隐觉得，自己要面对的，可能比这拆迁款还要多。

事实上，向以鲜的担心并不是多余的，他见过老王儿子如何为钱打架，也见过他们如何羞辱老王，老王就为这个喝了农药。一葬完老王，这两个儿子拿着自己并不满意的那份拆迁款，匆匆忙忙打工去。向以鲜也知道，这个家从此就散了，再也黏合不起来。

看着那些田野，和老王家的屋脊，向以鲜像是第一次看它们。看着看着，太阳就下去了。

才过了一夜，向内和向外前后脚就回到家。一回到家，这个家就热闹了。

向外说，哥，你咋整的，爹生病你都不回来看？你这么近，我叫你先回来的嘛，我随即就回来，你看，我不就回来了吗？

向内愣了半晌，才说，嘿，你说的还怪呢，他不是你爹？为啥子一定要我先回来？你想耍啥子滑头？你有事我就没有事？我的铺面被水泡了……

向外说，谁知道你的铺面遭没遭水泡？人重要，还是铺面重要？我看是忤逆不孝……

那你孝？这次爹的拆迁款你就不分。向内说。

你啥子意思？爹送你读了高中，我只读了初中，你以前花的钱多，现在当然就该不分。向外说。

一张凳子被踢飞砸在墙上。

一个茶杯被摔烂了。

爹，家里怎么会有一把女人用的梳子？

还有一双女士拖鞋，不对吧？

……

向以鲜有些坐不住了，每一声吵闹都顶得他心尖疼。

5

向以鲜扔下锄头，把手在裤腿上擦了擦，拔腿就往张寡妇家跑。向以鲜跑得跌跌撞撞的，不是把石子踢飞了，就是自己摔倒在石子上。

向以鲜赶到现场时，场面已经混乱不堪。向内揪着张寡妇的领子，向外一拳头就打到了张寡妇的脸上，张寡妇的嘴角立即就流出血来。

老子跟你们拼了……张寡妇吼完，用手背擦了一下嘴角，两眼的光芒能把人射穿。她抬起一脚，踢向向内的裆里。

你个骚货，连一个老汉你都想搞……想当后妈，你折不折寿？向内闪过这一脚，顺手一带，张寡妇一个趔趄就倒在了地上。头磕在了锄头的尖角上，血汩汩地往外流。

她哪是那里骚，明明是钱骚，想来争财产……你枕头支高点……向外说着，飞起一脚。

谁稀罕你那点钱？你以为全天下的人都跟你们一样？实话告诉你，老子钱比你家的多得多。哎哟，哎哟……打死人了呀打死人了呀……张寡妇捂着头，叫得像正被阉割的猪，你们这些狗日的……哎哟，哎哟……还有没有王法？我和你们老汉的事，你们管不着……

你有钱，也是发了死人的财。现在，你又想发活人的财……

向以鲜终于赶过来，他剜了向内一眼，又剜了向外一眼，说，两个狗日的，你们在造啥子孽？说着就去拉张寡妇。张寡妇的身子软得像一团泥，怎么拉都拉不起来。

老汉儿，你还去拉？你不怕惹一身骚？向外骂骂咧咧地说。

你两个不日毛的，丢老子的脸呀……向以鲜说完，用脚跺了一下地。

晓得哪个才丢脸？想起来都恶心，老成这个样子了……向内说。

老汉儿，你不要脸，我们要要嘛，以后我们还怎么在这里做人？向外说。

……

向以鲜觉得一刻都待不下去了，他转身就往回跑。有些微弱的风，吹得树梢在晃动。沙土进了眼睛里，向以鲜用手去擦，一擦就擦出一把泪来，收都收不住。

不知怎么的，一回家，向以鲜就止住了泪。相反，向以鲜有说不出的冷静。他从枕头下拿出剪刀，试了试刀尖，很锋利。又试了试刃口，也锋利。

向以鲜端来一条板凳，站在板凳上，爬上小柜，然后鞋也不脱，就又翻过大柜，一头掉进谷堆里。向以鲜爬起来，才觉得腰都摔疼了。谷子一下把向以鲜陷进去，鞋子里也蹿满了。向以鲜用手去刨靠着柜壁的谷子，谷子的芒扎得手生疼。向以鲜也顾不上，使劲刨。刨呀刨，刨呀刨，谷粒刨上去了又滑下来。终于见了底，向以鲜抓起一捆报纸来。报纸用尼龙绳捆着，向以鲜哆哆嗦嗦地解开来。露在他面前的，是厚厚的一沓钱。向以鲜一一地点过数，一，二……十八，没错，十八万。

向以鲜把钱散开，散得满床都是。一床满眼的红，把向以鲜的眼睛都晃花了。向以鲜抓起一叠钱，手战抖着，抖得钱“嚓嚓”地响。向以鲜右手抓起剪刀，张开，对准钱的腰就是一咬。“嚓”的一声响，断了。钱是断了，向以鲜的手却也被咬破了皮。向以鲜赶紧压住伤口，撕下一条破布来，用线缠了缠。向以鲜又开始剪。这时候的向以鲜，手不再战抖，身子也出奇的硬朗。一刀，一刀，向以鲜像在做一件精致的手工。

剪到最后一捆了，向以鲜的手都剪疼了。向以鲜笑起来，笑声把这个家都撑破了。

向外从张寡妇家气呼呼地回来，站在窗口，朝屋里一望，就惊叫起来，啊，疯了，疯了……这个老家伙疯了……

向内也朝爹的屋里跑来。

这下好了，这下好了……向以鲜把所有的钱都剪成了碎末，一边说着，一边抓起一把碎末，放到剪刀口。

向内冲过去，一把夺过父亲的剪刀，“哐”，剪刀就到了墙角。爹，你要咋子？你跟钱有仇哇？你咋个越老越造孽？

向内扔完剪刀，赶紧去抢碎末。向外推了向内一把，向内一个趔趄。向外一下子扑在床上，压在了碎末上。他抓起碎末，使劲往自己的衣袋里塞。

向以鲜慢吞吞地捡回剪刀，然后慢吞吞地走回来，抓起一把碎末，继续剪。向外突然转身，卡住了向以鲜的脖子。

啊……啊……向以鲜惊叫起来……

6

啊……啊……向以鲜惊叫起来。他晃了晃脖子，又伸手摸了摸。当他确切地意识到脖子根上只有自己的手时，向以鲜就醒了。

他睁开眼，第一眼看到的是天，瓦蓝瓦蓝的天，挂着朝阳的天。向以鲜摸了摸额头，额头还是额头。支起身体，向以鲜就看到了老王崭新的坟头。今天，是老王头七，向以鲜来烧把纸。烧完纸，自己竟然就仰在石头上睡着了。不但睡着了，还做起了梦来。只是这梦，明明在现实里也发生过。那些场景，像梦魇，已经回放了很多遍。

醒来后的向以鲜觉得格外轻松。他知道，此刻的院子里，向内向外正在拼贴碎末。昨晚，堂屋的灯亮了一夜，两兄弟伏在方桌上比来比去，一块碎末一块碎末地拼。忙乎了一夜，终于拼好了两张。两兄弟一人一张。天一亮，他们就把战场搬到了院坝里。向以鲜知道，儿子们得忙上几个月了。

但那些都跟自己无关了，向以鲜觉得自己的生活才刚刚开始。

向以鲜对着老王的坟说，哥老倌，我来给你告个别，我要出一趟远门，去青城山看看山，再去海南看看海，还要去草原，去沙漠，去雪山……不要担心我，一路上都有秀蓉照顾呢……回来后，我就和她搬到别处去，你老哥不会有意见吧？以前，我为着别人活，现在我要自己活一次……放心，毕七我会来看你的。想我的时候，就给我托梦，我来陪哥老倌喝一杯……

说完，向以鲜就摇晃着往垭口走。这时候，太阳推开云层，像一团燃烧的火。路两旁，豌豆开着紫色的小花，胡豆苗也蹿得老高了。油菜花打着苞，过不了几天，天地间就全是一片黄了。

惊掠而起的海鸥

1

那一刻，雨夹着风惊掠而来，带着冬的哨音。这应该是这个春天李莹听到的第一声春雷，春雷碾过，雨就来了。风，也来了。前几天升高的气温，瞬间就掉回到冬天。

李莹疯狂地跑过一条又一条街。天回镇的街像鹅肠，窄而弯曲。汽车硬往鹅肠里拱，拱得这里一块包那里一块包。李莹就歪歪扭扭地跑，一会儿得让过一辆自行车，一会儿得绕过一条石凳。李莹推开门，门沉重地摔在墙上。妈妈叶华正在各个群里“爬楼”，忙得顾不上抬起头。李莹知道，自从自己上了六年级，妈妈就加了很多群。妈妈每次打开QQ，QQ上的消息都显示为99+。她把各种信息、数据、表格、电话都粘贴在一个文件夹里。妈妈也参加了各种择校指导班，她也知道，有好些明明是骗人的幌子，但妈妈说，万一呢？

昨天，妈妈还对李莹感慨说，可惜呀，你奥数没得奖，哪怕是三等奖，不然可以免试去公立育才。现在，只有等你评了“区三好”，我们去争取私立九思的面试。成都这些年搞均衡教育，公立学校微机摇号，自主招生名额少之又少。私立学校呢，只能面试。这样，公立自主招生和私立的面试往往变成了比条件。比如育才只收奥华赛双一，私立九思呢，只有“区三好”和连年“校三好”以及奥华赛获奖才有资格报名面试。妈妈平常说起这些，李莹都只嗯嗯地点头。妈妈就刮一下李莹鼻子，说，好像小升初是我的小升初，跟你没关一样。妈妈说得没错。看着看着，妈妈就老了一截，白发不管不顾的，染了，几天后又白了。

但当李莹在风雨里奔跑，冷风割着皮肤，她意识到自己的小升初真的来了。原来它是一根刺，扎进指甲缝里，有钻心的疼。

哭哭啼啼冲进屋，李莹像一块融化的冰糕，身上的雨水把地板都弄湿了。妈妈扭过头，手却还在键盘上“叭嗒叭嗒”地敲。

莹，怎么啦？妈妈慌忙站起来，凳子都踢倒了。妈妈去揩李莹的泪，却怎么也揩不尽。

李莹其实不想说这件糟糕的事。闺蜜加同学的薛子怡手机丢了，班主任林老师却从李莹的抽屉里搜了出来。从手机被搜出来的那一刻起，李莹就傻掉了。后来发生的事，李莹都记不得了。费了很大力气，李莹终于讲完了。这中间，李莹抹了五回泪，身体抽搐了七八下，而窗外的雷声又碾过了两次。李莹看见妈妈眼里的光一点点地熄灭，妈妈使劲摇着头，一屁股跌在椅子上，喃喃自语地说，这下完了这下完了，私立公立都没学可上。

不是还有那么多学校吗？为啥一定要上九思和育才？李莹吼起

来，声音震得屋子“嗡嗡”响。

妈妈转过头，用了极缓的语调说，你懂什么？莹莹，你不是想评“区三好”吗？妈妈双手抱在胸前，在客厅里走来走去，高跟鞋刮得地板“咔咔”地响。妈妈叹一口气，突然转向李莹，是不是明天评？

李莹木然地点点头。妈妈在客厅里踱来踱去，踱去踱来，突然说，刘彤，你给我等着，有你好果子吃，走，去找林老师。妈妈说完，狠狠盯李莹一眼，仿佛李莹才是薛子怡的妈妈刘彤。

良木缘，林老师姗姗来迟。

林老师，手机这事是薛子怡她妈干的。这种下三滥的手段下三滥的人才使，有其母必有其女，薛子怡应该直接排除在竞选人之外。妈妈的脸涨得像喝了一斤白酒。

林老师看看妈妈，又看看李莹，眉头立即就耸成了两座山峰，说，这有点像宫廷剧。可是，你有证据吗？

只有麻烦林老师了，您帮着调查一下。莹莹，你到那边去坐。妈妈朝角落一指。

李莹坐过去，刚摸出手机，就一下扔在沙发上，像摸着的是炸弹。

不要……不要……再说，票数不能太低，太低有人要告……我也要吃饭……李莹看见妈妈抓住林老师的手，正把一个袋子往林老师面前推。李莹知道，妈妈刚才在提款机前塞满了那个袋子。李莹也看见，妈妈的卡里还剩六百七十九元二毛四。林老师一面阻挡，一边朝李莹这边看。妈妈也顺着林老师的眼光瞟向李莹，李莹低下头，抠着自己的手指甲，像除了手指甲自己什么也没看见。她们的声音低下去，又坐了一会儿，妈妈吃了几片水果，林老师喝了几口咖啡，就匆匆忙忙告辞。送别林老师，李莹和妈妈往家里走。雨，不知什么时候停下了。路面到处是明晃晃的雨水，柳叶冒出的新芽，雨水一洗，娇嫩得惹人爱。妈妈低着头，默默地走，雨水溅湿了裤脚，她一点也没察觉。李莹重重地踩起水花，像这些水花惹了自己似的。

2

从良木缘回来，李莹澡也不洗，直接上了床，却反反复复睡不着。折磨她的岂止手机丢失背后的玄机，还有接下来的“区三好”选举。就没有了吗？那还真不是。在选举“区三好”前一个月，李莹算了算，刚好一个月，是奥赛考试。想到这次考试，李莹就不寒而栗。李莹觉得，青春期正用洪荒之力撞击她，使她一遍一遍地碾压着木床，像一根擀面杖狠狠地从面皮上压过，弄得床“咿咿呀呀”地叫。

李莹想了想，奥数事件最早可以从刘阿姨来家做客看出端倪。刘阿姨是妈妈叫来的，妈妈站在阳台上，朝着对面的窗户喊一声，刘阿姨就从窗户里伸出了头。李莹知道，妈妈是想跟刘阿姨聊一聊爸爸。爸爸在重庆上班，周末才回来。那天，从进家门的那一刻起，李莹就觉得爸爸脸色很难看。果然，不知怎么的，就吵了起来。

我怎么知道读哪所学校，你问我，我问谁？爸爸将遥控器朝沙发上一扔，瞪了妈妈一眼。

孩子又不是我一个人的。妈妈没好气地回了一句。

你专职管孩子，问题来了，还能找谁？我每天还不够忙？这时正是新闻联播时间，美国航母驶近南海，中方发言人强烈抗议。

妈妈愣了半晌，突然吼起来，难道我想弄出问题来，啊？这么多年，你哪一天管过娃儿？你确实忙得很，都忙着去照顾别的家了，哪天我非得把那个小妖……妈妈吼着吼着，就带上了哭腔，声音颤得像要拉断的弦。像往常一样，妈妈仓皇地跑进卧室，捂在被子里，嘤嘤地哭泣，才停止了这场争吵。这场争吵后的第二天，刘彤阿姨就打着哈哈来了。一见面，刘阿姨就说，我晓得，某些人又吵架了，好酒好肉的时候哪里想得起我哟。

那天，是星期天，爸爸已经回了重庆。妈妈和刘彤阿姨坐在花园里，阳光很好。迎春花伸着淡黄的花瓣，把整个花园都映得黄灿灿的。银杏树的新叶还未遮住枯瘦的树枝，树叶筛下的影子就像撒下的铜钱。李莹坐在书房里做几道该死的奥数题。从窗口看出去，可以看到妈妈的侧脸。李莹觉得，这个角度看过去，妈妈很漂亮。从小就有人问过，你妈妈漂亮吗？李莹的回答总是一致的。她喜欢妈妈的长发。妈妈有时侧一下头，直发就跟着一甩，好看极了。她也喜欢妈妈的眼睛，那眼睛像海洋一样，湿润润的，能放出光彩。这么说，并不是说李莹不喜欢妈妈的脸，妈妈的肤色，以及妈妈穿上白色连衣裙的样子。妈妈穿上连衣裙仍然像一个公主，那画面太美，李莹有些不敢看。花园里，妈妈和刘彤阿姨有一句没一句地骂起男人来，不知怎么的，就说到了李莹。李莹读书的事咋个整？妈妈突然皱起了眉头，捋了一下头发。

怎么整也不能摇号呀。刘彤阿姨轻轻喝了一口咖啡，说。

可惜，李莹什么也没有。想起来，李莹就丧气。

我们李莹，要是能考个奥赛一等奖，呵呵，我在做梦我在做梦，呵呵。妈妈说着拍了几下椅子的扶手，椅子发出“啪啪”的脆响。

刘彤阿姨突然压低了声音，凑到妈妈耳根说，我……一套器材，奥数考试时，孩子在……接收，这个器材叫接收器……发射器就传送答案，五千多，网上买得到……说着，刘彤阿姨嘴巴撇了撇，伸出了五根手指，在空中摇了摇。用眼角的余光，李莹看见妈妈不安地看了一眼书房。李莹假装在一张纸上写写算算，那样子，真可以以假乱真。李莹听见，妈妈突然提高声音说，你怎么能这么搞？万一查出来，要坐牢。

你小声点，就你有那么大声呀？刘彤阿姨偷偷瞄了李莹一眼，我不这样，我们子怡怎么考得起？你以为我愿意呀？

唉。妈妈叹了一口气，低下头，用手擦了下脸，像只泄了气的皮球。刘彤阿姨从包里摸出一盒烟，从美国进口的。刘彤阿姨点上烟，眉头皱成一枚核桃。等烟圈丌到空中，刘彤阿姨说，“秦奥数”是可以搞到一等奖的本本的。只是这个老家伙，不缺钱呀。

那他缺啥？妈妈眼睛一亮。

一个老男人你说他缺啥？刘彤阿姨笑起来。

妈妈眼里的光随即就灭了，也跟着笑起来。

3

上周，李子敬发神经，频繁向李莹发微信骚扰。先是约李莹周末看电影，接着叫她去爬五龙山。越说越放肆，竟然问李莹戴的是不是D罩杯。李子敬是这个学校挂得上名的人物。前些时，他追网络女主播的事，出现在各门户网站社会新闻的头条。他买了很多礼物给她。钱是从妈妈微信里支付的，等妈妈发现时，已经刷了两万多了。李子敬就是这样一个人物，人人都得惧他三分，偏偏薛子怡不怕。

薛子怡扫了一眼聊天记录，就哈哈大笑，我的宝宝被人爱上啦……笑完，薛子怡说，跟我来，然后抓起李莹的手，向教室外面冲。李子敬正站在操场上的梧桐树下，按着手机。旁边，几颗脑袋正凑在一起，嘻嘻地笑。

李子敬，你过来，你要烦了，是不是？想调戏女生请你换个人。否则，对你不客气。薛子怡瞪圆眼睛，双手叉腰，吼完，转向李莹说，走，别跟小流氓一般见识。说完，抓起李莹的手，“笃笃笃”地离开了。没错，薛子怡就是这样一个“南霸天”，一个年级出名的女汉子，哪个男生不买她的账？这些年来，薛子怡就这样罩着李莹。以至于让李莹觉得，自己就是薛子怡的一个影子。有一次，薛子怡指着地上的影子说，我才是你的影子呢，你看，你压在了我的上面。她们互相帮着对方撒谎，一起对付难缠的爸妈。她们一起分享秘密，倾诉那些来自身体的烦恼。她们说好，要选择同一所中学，将来，还读同一所大学。至于婚礼呢，薛子怡是这样说的，也可以一天哟，最好到韩国去度蜜月。上周，薛子怡说完，嘻嘻一笑。

不，我要你做我男朋友。李莹还记得，自己说完，比起一个剪刀手，“嚓嚓”按下了几张自拍。照片里，两颗头紧紧地凑在一起，仰望着天空，像那里突然掉出一个冷幽默，两张脸都笑烂了。

想起这些，李莹就笑笑，以致李莹觉得，床的“吱呀”声也变得欢快了。画面闪回到昨天，昨天发生的事似乎为今天手机丢失埋下了伏笔。

午间休息，李子敬凑到李莹跟前来，说，你好小气哟，只发二十元红包，给主播送枝花的钱都不够。

什么只发二十元？李莹眉头皱成了一个“川”字。

你不是要我们选你当“区三好”吗？还装蒜，你几个意思？

李莹当场就傻掉了。那时候，以及接下来一段时间，李莹并不知道，妈妈用自己的QQ账号登录，进入了班级群，一个一个地“点杀”。

放学后，教室里却不见了薛子怡。要知道，上学、放学，不管天晴下雨，她们俩都一起来一起去。只到了小区里，才互相挥挥手，钻进各自的家门。李莹朝自行车车棚找去。没错，那里确实站着薛子怡。薛子怡正跟李子敬说着什么，说完，像根本没看见李莹一样，推着自行车匆匆出了校门。

子怡子怡。李莹望着薛子怡的背影喊，嗓子差点喊破了。眼见着薛子怡骑远了，李莹才推着自行车懒洋洋地走。街边的杨树长出了新叶，再过一些天，整条街就会挂满白色的花。那时候，李莹要做的，就是站在树下深呼吸。春天，真好。李莹想起才看过的一组漫画：《友谊的小船说翻就翻》。

两个人合影，

只给自己P图，

友谊的小船说翻就翻。

两个人，
有一个突如其来地表白，
友谊的小船说翻就翻。
……

现在，轮到李莹和薛子怡的小船要翻了。只是，这条船翻了，掉下水的，还有她们妈妈。刘彤阿姨是妈妈的大学同学，但她们是什么时候好上的，李莹却不知道了，只记得自己一出生两家就像一家人。每次外出，总是妈妈制订攻略。妈妈征询刘阿姨意见时，刘阿姨总说，你说了算。李莹要学艺体，妈妈拿定了主意，告诉刘阿姨，刘阿姨说，你说了算，你们家莹莹学什么，我们妹妹就学什么。妈妈说，这家奥数培训机构不行，换到状元廊吧。刘阿姨说，好好好，两个小孩在一起，也方便接送。

这样的小船要翻了，真不好玩。昨天，李莹一边走，一边想。杨树叶在轻微地晃动，起风了。李莹看看天，天空堆着厚厚的云，像巨大的波涛。天气预报说，南方这几天会被雨水浸泡。李莹脚一偏，骑上自行车，匆匆忙忙往家赶。

4

李莹觉得妈妈真是讨厌极了，怎么能贿赂同学选自己？她还是自己的妈妈吗？似乎一到六年级，妈妈就再也不是自己的妈妈了。

李莹又慢慢想起刘阿姨走后发生的事，才猛然醒悟，原来妈妈早已下定了决心。

刘阿姨走后，妈妈从花园里踱到客厅，又从客厅踱到花园。她那条碎花裙，在花园和客厅之间扫来扫去。妈妈神色有些凝重，时而低头盯着路面，时而又把目光投向远处的某一点。那一点，是哪一点，恐怕连妈妈也说不清。妈妈踱了几圈，走到书房，鞋子敲得地板“哐当哐当”地响，像筷子在敲打玻璃瓶。妈妈瞪了李莹一眼，那一眼，如一把失声的刀锋，寒光闪闪。李莹看见妈妈脸上的肌肉抽搐了一下，这让妈妈看上去很狰狞。李莹笔下的奥数题本来就难，这下更难了。然后，妈妈迅速转过身，像敲着玻璃瓶一样走到了客厅，又走到花园。妈妈按了一串数字，把电话从头发里伸进去，按在耳边。电话还没响，又拿下来掐掉。妈妈想了想什么，又打，又掐掉了。妈妈一屁股坐在椅子上，很累，爬了一天山的样子。妈妈烦躁地抓了一把头发，突然站起来，把手机往桌子上一拍，手机从这头滑向那头，“哐当”一声掉在地上。妈妈一点也不可惜。妈妈又走到书房，扶着门框，仿佛只要不扶着，她就要散架似的。

奥数一等奖真的有那么难？妈妈突然问，但她并没有给李莹时间，接着吼起来，他妈的啥时代？为什么要逼每个孩子学奥数？为什么读个书就这么难？这不是逼良为娼呀？妈妈说完，转身走了。妈妈在花园里重新坐下，胸脯一起一伏。这时候，夕阳洒满了整个小镇，也洒满了整个花园。李莹觉得，夕阳在妈妈的胸脯上一起一伏。不知过了多久，夕阳移出了小院。妈妈歪着头，手指飞快地在手机键盘上按着什么，嘴角是一丝不易察觉的笑，像聊得很嗨的样子。李莹潦草地画完半张试卷，一抬头，妈妈却不见了。卧室里传来开关柜门的声音，李莹探出头，看见妈妈正一件一件地试着衣服。妈妈出现在书房门边时，李莹注意到，妈妈今天穿了新买的连衣裙。深蓝色，袖口刚刚盖过手肘，裙边还没到膝盖，露出修长的腿。袖口和裙边处接了一圈红白相间的方格子。李莹听见自己在心里喊了一声，哇，真美。

你抓紧时间把作业做完，我出去一趟，可能回来得有点晚，你按时睡。饭已经做好了，你自己吃。碗放在洗碗池，我回来洗。妈妈挎着包，一手轻松地搁在挎包带子上，说。

李莹只是“嗯”了一声，肆意的欢喜要等到大门关上的那一刻。随后，李莹听见大门“哐当”一声关上了。心情大好心情大好心情大好。重要的事情说三遍。在继续写让人蛋疼的作业之前，还来得及瞄几眼电视。李莹将笔一扔，就把自己横在沙发上。李莹伸出手，往沙发转角处的茶几上摸遥控器。遥控器没摸着，却摸到了另一个东西。什么鬼玩意？手机。妈妈的手机。屏幕都碎完了，来不及心疼，李莹抱上手机，趴在入户花园的栏杆上，朝着楼下喊，妈妈，手机手机。妈妈正走向车库入口，一个转身，头发就飘起来，裙子也飘起来，很好看。

啊？妈妈惊慌地叫了一声，赶紧往回走。李莹也就噔噔地下楼。妈妈的脚步声从楼下传来，李莹刚到三楼的楼道里，手机就像炸雷一样响起来，把李莹吓一跳。

妈妈，秦老师电话。李莹说。妈妈几步就跨上来，从李莹手里夺了电话，掐了。妈妈掐电话的手有些抖，像掐掉的是一根炸弹引线。妈妈头也不回地走了，楼道里传来空洞的回音。

那天，李莹睡了一觉，隐隐约约听见抽泣声。李莹开了灯，看见妈妈站在窗前。妈妈的背影有些憔悴，她用手擦了一下眼睛，然后转过头。李莹还听见低低的一声鼻吸。李莹吓坏了，喊了一声，妈妈，你怎么了？李莹觉得这一声喊，像蝴蝶逃避网兜，带着惊惶的急迫。李莹扶着门框，身子有如坠着千斤重担，一动也挪不动。

妈妈头发有些蓬乱，脸成了在水里泡过的黄豆。莹莹，你觉得妈妈笨吗？妈妈突然问。

妈妈。李莹弱弱地喊了一声。

不要喊我妈妈，我不配做你妈妈。妈妈张开手，向后捋了一把头发，吼着说。

吼完，妈妈身子向后靠在沙发上，半天才说，你再去眯一会儿吧。

想起这些，李莹后来才觉得，这里面透露的玄机够自己琢磨一阵子了。李莹常常凭着这些去琢磨成人世界，往往只剩下一声浩然长叹，唉。此刻，那床貌似也就一声长叹，“吱呀”。

5

选举“区三好”那天，雨，下得格外密，整个小镇都笼罩在一片烟雨里。妈妈送李莹去上学。一出单元门，刘阿姨和薛子怡就从对面出来，想躲都躲不掉。本来，为了避免尴尬，妈妈催着李莹提前了几分钟，想不到薛子怡也提前出来了。刘阿姨撑着伞，紧紧靠着薛子怡，伞斜向薛子怡的头顶。薛子怡背着书包，低头看着路面。听到脚步声，薛子怡抬起头，本能地张了一下嘴，脸却一下僵了。

有必要来这一手吗？这样做太卑鄙。乜斜着刘阿姨，妈妈把“卑鄙”两个字说得格外响。李莹的脸一下就红了，像妈妈说着的不是别人，而是自己。李莹看了一眼薛子怡，她正不安地用脚搓着地面的一块石子。不等回答，妈妈牵着李莹的手，说，走，别跟没节操的人说话。

谁没节操了？你有节操？你有节操又不干那样的事了！请问谁先发的红包？怎么吃屎的还骂屙屎的？

路过刘阿姨身边，妈妈说，钱我今天就还你，从此一刀两断。转过墙角，李莹偷偷向后看了一眼。薛子怡拽着妈妈的手，好像要从妈妈的伞里挣出来，想对自己说些什么。

不知是怎么走进教室的。才坐下，薛子怡也就到了。她抽出一片口香糖，递给李莹，李莹生硬地扭过脸去。李莹想去灌开水，以前薛子怡会陪着她。李莹拿起水杯，朝薛子怡的桌子走去。薛子怡将下巴搁在桌子上，手里玩着那盒口香糖，仿佛除了那盒口香糖她什么也没有了。等她抬起头惊惶地看着李莹，李莹才猛然惊觉。红着脸，折回身，李莹独自走向饮水机。灌完水，李莹来到走廊上，离上课还有一小会儿。走廊上围了一圈男生，围在核心的，当然是李子敬。那些男生的目光一下子就黏在李莹身上。李子敬见李莹走来，目光像被石子砸中的麻雀，“噗”地飞开了。李莹这就记起，林老师搜出手机时，李莹无意瞟了一眼李子敬。那时的他，脸刷地一红，仿佛被一群马蜂蜇疼了。

雨丝如发丝一样密，操场边梧桐树新抽了些枝叶，枝叶细细碎碎的。几株羊蹄甲还枯萎着，树冠伸到了四楼的阳台，叶片闪着润泽的光。要是秋天，那画面就美得不敢看。

如果回到以前，薛子怡一定在李莹身边跳跃，指着梧桐叶说，真好看，春天来了呢。她还会伸出那张鹅蛋脸，用手指着腮帮说，莹宝宝，亲亲，亲这里。李莹准会“啪啪”地扇两下空气，薛子怡会配合地朝手扇的方向扭过脸，“啊啊”地惨叫两声。然后嘟着嘴说，你把宝宝打疼了，宝宝不跟你玩啦。哼。想到这里，李莹不禁笑一下，不自觉地朝身边看看，身边却并没薛子怡的身影。李莹悄悄地叹一口气。或许，一切起因都与选举“区三好”有关吧。关于“区三好”，李莹实在不想说。那天，林老师说，这是最后一次“区三好”的评选，大家要慎重哈。规则是参选者要几科全优，同学们选出三名，再由老师定出两名。大家都知道，有资格参选的也就三名，李莹、薛子怡、张一婉。张一婉是林老师的千金，只要有人投票，一切都好办了。这是大家都知道的规则，也是无法改变的规则。这次选举其实就是二选一，李莹或者薛子怡。李莹知道，这次选举对薛子怡也至关重要。上次奥数考试时，薛子怡宁肯得零分，也不用妈妈准备的器材。

李莹走进教室，林老师已经站在了讲台上，拿着厚厚一叠选票。大家要做的，只需要在名字后面画上一个勾。闹闹嚷嚷中，选举结果出来了。李莹一票，张一婉十九票，薛子怡三十票。李莹听到林老师宣布时，竟然笑了。李莹还记得，自己在选票上写下“张一婉”几个字时，差点把纸都戳破了。薛子怡呢，并没让人看出特别的惊喜。她呆呆地盯着那盒口香糖，翻过来翻过去地看，像第一次见似的。李莹又去灌水。不知怎么的，总是渴，都喝几瓶了。按下热水开关，开水却浇到了李莹的手指上。李莹“哎哟”一声，手指钻心的疼。怎么回事，水杯明明对准了的。正对着手指“嚯嚯”地吹气，薛子怡走过来，向李莹伸出手，又意识到什么似的，赶紧缩回去。

我投了你一票。薛子怡弱弱地说完，朝门口走，背影有些悲怆。那双芭芭鸭布鞋拖得地板“叭嗒叭嗒”地响，每一声都撞在李莹心上。

6

夜黑得不管不顾，窗口没有一点亮光。李莹继续翻过来翻过去，像要把夜晚吵醒似的。李莹想起来，妈妈半夜回家之后，自己就发现了妈妈的秘密。那天，李莹拉开冰箱，冰箱里有几根生黄瓜。黄瓜上的毛刺脆脆的，李莹在手里掂了掂，又放下了。李莹拉开冰箱最下面一格，酸奶整整齐齐地躺着。李莹抱出一抱，直到不能再拿了。李莹就在心里对自己说，你咋不上天喃？李莹将酸奶又一一地放回冰箱。李莹只拿了一盒，揭开，清爽就蔓延开来。李莹在沙发上一靠，咂吧着嘴巴，嘴巴上有酸酸爽爽的甜。

楼下传来妈妈和快递员的说话声。李莹看见，妈妈的手包放在茶几上，手机也安静地躺着。李莹顺手拿过来，登 QQ。QQ 上的头像都是灰色。李莹正要关掉 QQ，妈妈的手机就收到一条短信：想要挟我？你以为照了照片我就怕了？这么告诉你嘛，不管你有什么证据，我都搞不到你想要的本本。我承认，是骗了你。但那晚你离开的时候，就给你说清楚了呀。急切地点开照片，李莹一下子就呆住了。第一张照片上，秦奥数裸着仰躺在床上，微微笑着。秦奥数的旁边，是一个女人。女人拉着毛巾盖着肚腹，隐隐能看出两腿间毛茸茸的部分。再往上，是丰满的乳房，李莹的脸一下就红了。再往上看，李莹就看到了妈妈的脸。李莹一声冷笑，将酸奶盒砸在地板上，转身就回了自己房间。就在门关上的那一刻，李莹听见窗外传来一声雷声。李莹探出头，窗外明明是蓝天，阳光正明晃晃地照着，哪来的雷声？

妈妈原来在一家保险公司做高管，李莹一上四年级，她就辞了职。辞职前，妈妈对爸爸说，职位升得再高，子女教育不成功，那有什么用？你说是不是？那时候，李莹觉得妈妈是世界上最好的妈妈。

第二天，妈妈就辞了职。

妈妈要求高，一个错别字，要李莹罚抄20遍。背诵课文时，要是疙疙瘩瘩的，就重来。有时得反反复复十几遍，李莹就很是泄气，甚至有些怀恨了。李莹平常的数学考试，不得满分，这张卷子就得重做两遍。周末，李莹更忙了。在班主任处补普数，到两个培训机构补两次奥数。语文呢，一个补阅读，剑锋直指升学，另一个学写作。不知怎么的，李莹的奥数学了等于白学。奥数老师姓秦，在成都，大家都叫他秦奥数。大凡以自己名字命名的，都是牛逼的人，这个李莹知道。秦奥数其实不修边幅。衣服总是油亮亮的，照得出人影。几颗牙，被烟熏得看不见本色。胡子呢，也刮得毛毛糙糙的。

一边腮上干净着，一边却还留着很深的茬。但他六十岁的人了，头发却比年轻人还黑。李莹的奥数学不好，不知道是不喜欢这个人，还是奥数本来就不是人学的。李莹觉得，或许都有一点。李莹不是没打过退堂鼓，只是被妈妈的话反问得没了退路。妈妈说，莹莹，奥数很重要，现在名校都要奥华赛双一等奖。上不了好初中，怎么上好高中？上不了好高中，怎么能上好大学？接着，妈妈背出了一串数据，成都每年初中参考人数四万多五万，考上三所名校的只占6%，考上重点的16%，每年有60%多的学生去了职业技术学校。于是，妈妈反问，你愿意成为这60%的人，活在最底层？妈妈这么一问，就戗得李莹说不出话来，乖乖走进秦奥数的教室。

李莹觉得，自己和妈妈之间的关系就是在看到照片的那一刻开始变坏的。这种坏是变质的坏，类似食物生出了绿色的毛。妈妈说，莹莹，你穿这件衣服配这双鞋不好看。李莹呢，和妈妈的三观显然不是一个区的，觉得这样配简直酷毙了。妈妈再说时，李莹就顶一句说，要球你管。妈妈说，莹莹，这个天你穿这点点，几张薄片片，你穷骨头发烧呀？妈妈硬要往自己身上加衣服时，李莹就把衣服甩开，惹得妈妈在身后喊，你，你，你要咋子？造反呀？不知好歹的东西。

7

夜里，李莹刚洗漱完，就接到林老师电话，李莹，你知道薛子怡到哪去了吗？对，她没回家，估计离家出走了，唉。

李莹突然想起下午的情形。林老师将一张表格交给薛子怡，说，赶快填，今天是交“区三好”材料的最后期限。放学时林老师来拿表格，薛子怡却早已离开了教室，电话也打不通了。那张“区三好”的表格就压在课桌上。当林老师从语文书下抽出来时，也抽出了一张纸条：林老师，我放弃“区三好”。林老师看过纸条，又看看李莹，好一会，才对正整理书包的李莹说，要不你填了吧，今天要交的。说完，将表格推给李莹，李莹看也没看，就推了回去。

薛子怡没回家，会去哪里？挂了电话，有那么一瞬间，李莹脑子里一片空白。赶紧去薛子怡的QQ，签名栏里只有一个大写的“H”。难道她？李莹不禁一个激灵。

书房里，妈妈还在“爬楼”。妈妈看一眼李莹，说，起床干吗？这周末去九思面试，群里很多人都去。这几天好好准备，晚上好好休息，妈妈明天给你煲鸽子汤，要再做几套奥数题，听见没有？

妈妈还要说下去，李莹打断说，不是没报名资格么？

连年的“校三好”也可以的。

我五年级让给薛子怡了的嘛。

你死脑筋呀？买一张奖状，刻一个章就得了。妈妈陡然提高了声音，吓了李莹一跳。将妈妈从头看到脚，有那么一刻，李莹觉得，妈妈陌生得自己都不认识了。转身关上门，李莹才突然想起，还有事要给妈妈说。

薛子怡离家出走了。李莹从门缝里支出脑袋，一字一顿地说。

啥？啥？妈妈重重敲了一下回车键，猛地转过头，从牙缝里蹦出两个字“活该”。说完，身子往后一仰，靠在椅背上，长长叹了一声，哎。

李莹“砰”地关上门，回到卧室，捂着头，被子里传来嘤嘤的哭声。妈妈揭开被子，李莹抹了一把眼泪，抽抽搭搭地说，你们，好烦。

妈妈愣了一下，手就晾在空中，妈妈也是为你好。

哪个要你为我好？李莹吼起来，那情形像要将人生吞了。

不知好歹。妈妈的话还没说完，李莹就下了床，披散着头发，往门外冲，一边说，不知道是谁不知道好和歹。

妈妈傻愣愣地站了一会儿，突然明白了什么似的，赶紧冲出去，李莹已经融入了沉寂的夜色。雨丝飘在脸上，有些凉。李莹只顾着往前冲，一头撞进了别人的怀里。李莹抬起头，是刘阿姨。刘阿姨全身湿透了，头发向下淌着水。刘阿姨的眼睛被雨水一泡，像要发芽的蚕豆。李莹吓一跳，两把擦掉眼泪，问，刘阿姨，薛子怡她……

莹莹，你要帮阿姨，算我求你了。怡怡她，打电话不接，短信也不回。只有你能帮阿姨了，算我求你了。

路灯下，有雨丝在飞。刘阿姨的脸上散发着一丝颓丧的气息，李莹看一眼，就没了勇气再抬起头。妈妈杂沓的脚步声越来越近，李莹拔腿就跑。身后，刘阿姨突然放声大哭，都是我害了子怡呀，是我害了她。莹莹，对不起对不起。刘阿姨才哭了两声，身子往后一倒，就直直地倒在一团阴影里。刘阿姨倒下去的地方，蔷薇花散发着夜香，夜香在雨丝里飞翔。李莹回过头，看见妈妈跨过刘阿姨的身体，向自己追来。那一刻，李莹想喊，快救刘阿姨快救刘阿姨。但李莹怎么也喊不出，她发疯似的奔跑，出了小区门，跑过那一排银杏树，拦下一辆出租。出租开得真像出租，生生撕开了夜幕。

8

火车北站，李莹坐上了去广西的火车。李莹知道，薛子怡如果有个地方要去，那一定是广西。李莹清晰地记得，薛子怡半个月前说过，莹莹，等小升初一结束，我们就去广西，到北海，你不是想看海鸥吗？哇，海鸥可好看了，羽毛像雪一样白，要是成群结队地飞起来……薛子怡说这话时，两眼放出奇异的光，像一池明晃晃的春水。李莹再次点开薛子怡的QQ，在签名栏里，薛子怡又看到了那个大写的“H”。李莹盯着这个字母，开心地笑了。她知道，它是“海”。

薛子怡的日志，是上午更新过的。

李子敬，你个臭狗屎，你的智商要不要再低点？我妈叫你藏手机，你就藏？给你充Q币，你就啥都可以做？

李莹看完，在评论栏里写下一句话，我坚信世界还是原来的样子，在H，等我。李莹觉得，写下字的那一刻，世界安静得可怕。李莹关掉手机，紧紧抱在怀里，直到邻座的大叔递过来一瓶水，李莹发现自己还微笑着。再次打开手机时，妈妈的短信一条又一条。妈妈的短信，写满了对不起。李莹手指一划又一划，全删了。这时，她看到了另一条短信，陌生号码发来的——

我看见海鸥了我看见海鸥了！

李莹的泪刷地就下来了。在泪光里，李莹仿佛看见橘红的晚霞染红了海面，薛子怡站在礁石上，张开双臂，向海而立，海风吹起她的裙袂和长发。脚下，一排一排的浪涛溅起洁白的浪花。而远处，一群白色的海鸥，正振翅惊掠而起，像撒满天际的精灵。

橘树上的花海

1

侄娃儿，你……搞快点……回来……姑父的气息低沉，还有衰微的喘息。

拿来，我给侄娃儿说，你一辈子没把话说伸展过。伴着“啪嗒啪嗒”的拖鞋声，我姑的声音由远而近，侄娃儿，你姑父要去见马克思了，住在县医院，他已经通知了强娃子和珍女子，生怕一命呜呼了没人守灵。侄娃儿，我晓得你忙，你忙你的。我姑的大嗓门敲打着我耳膜，像有人用铁制调羹敲打着玻璃杯。

放下电话，我叹口气，就朝老家赶。

2

七岁那年的某个黄昏，对面的山尖把夕阳的脸都戳红了。蜻蜓呢，悬在空中或者像鱼一样游远。我正蹲在土院边看一只蚯蚓打滚，一抬头，就看见姑父扛着一个笨重的大家伙，从几百级的石梯顶端冒出来。姑父在县城国营农场工作，在相当长一段时间里，是我们家族中唯一一个领国家工资的人。我一下子蹦起来，屋里屋外地跑，姑父来了姑父来了，生怕我妈听不见似的。我妈正在剁猪草，剁得猪草咚咚咚地响。

难怪，昨天晚上火在笑。我妈在围裙上擦着手，笑着说。

站在土院边，我妈连着打了两个哈哈：杜少全，你来就来嘛，还送这么重的礼。天哪，扛着自行车，这么陡的坡。

原来，那个大家伙是自行车。我看见姑父将车放下来，推过一道田埂就到了我家。姑父打着招呼，将车砸在我家的土院里，支起车子后，用食指刮了一下汗津津的额头，说，妈呀，这把老子累得。姑父把后座上的两个大胶壶取下来，放在阶院上，说，嫂子，这是橘子汁，我们厂里榨的。

天哪，这么远，你不嫌累蛮。

姑父还真不嫌累，他没歇上一分钟，就教我骑自行车。

姑父把我抱到车上，叫我把住龙头。我的腿还只能蹬半圈。姑父双手撑着货架，往前一送，车子就歪歪扭扭地晃，我的身子扭得像麻花。姑父就咯咯地笑，拍拍我的腰，叫我坐端正。那天，我骑了一圈又一圈，土院里划出一圈圈轮胎的印痕，直到印痕被夜晚吞没，蝙蝠黑黢黢地飞来飞去，姑父才把我抱下车。在煤油灯的昏暗里，也看得清姑父额头的汗，像草叶上顶着的露珠。

那一晚，我妈倒了橘子汁，每人一碗。我最先喝完，舔着碗边，我妈又给我添了一点，我爹举着酒杯跟姑父碰了一下，侧着头对我说，这点喝了就不能再喝了哈。

我妈将壶放在装谷子的大木柜里。我常常踩着板凳，弓下身，用小勺子一点点地舀到碗里，喝上一小口，再喝上一小口。酸酸甜甜的，那滋味全是县城的味道。

我姑在农村，第二天一早就来了。那时候，姑父已把我从床上拉起来，要我跟他去砍青杠树。那棵树长在山坡上，脚下是一片橘林。姑父朝着橘林这边砍，青杠树倒下时砸坏了一大片。那时候的橘树，正挂着果实。那些果实，正把枝丫拉成一张张弓。我姑就破口大骂，杜少全，你脑壳里装的是谷草哇，你不晓得朝坡那边砍？这点眼力都使不到，你还活人干啥子？是我嘛，我早就栽进茅坑里淹死了嘛。姑父就讪讪地笑，迈着懒大步走开了。

这些事，现在变成了那些事，淡远得像隔着几个世纪。

高中时，终于去了县城。周末或者寒暑假，就住在姑父家。姑父家窄，只有一架床。我和姑父一人睡一头，姑父脚大手大，他在床边一横，里侧的我，就感到安心和踏实。有时候，也陪姑父去修剪橘树，或者刨开土给树施肥，也或者仅仅跟着他去地里摘一个南瓜，掐一把蒜苗。

每年八月，农场的橘子就渐渐上市。八月的橘子贵，一到九月，价就垮下来。为了抢头市，工人们提前一两天把橘子摘下来，捂一捂就红了。卖橘子时，有经验的工人都挑深红的让顾客尝，称称时有意混进几个淡红的。姑父呢，早早就出了门，也早早就收了工。姑父拉出去的橘子少，个个干净鲜红。他的筐子在街边一扎，不用吆喝，顾客就围满了。这，让工友们着实恼火。有人戳着他的脑袋，半开玩笑半认真地说，你娃，方脑壳。姑父呢，笑一笑，嘀咕一句，还有圆脑壳嗦？姑父骑着三轮车回到农场，交钱的时候，场长正好在场，劈头盖脸地骂，杜少全，你脑壳开点窍嘛，明天再卖这点点，就扣你工资。姑父还是讪讪地笑，步子呢，永远是懒懒的。

挨过场长骂之后，姑父将捂红的橘子捡给顾客时，像做贼似的，顾客轻易就看出了问题。姑父称称时，不是多了就是少了，好像他从来都不认识秤似的，惹得顾客惊诧诧地叫，你在咋子哦，称个秤都这么恼火嗦？！姑父只能讪讪地笑。

为了多挣点钱，姑父买了一辆三轮车。等农场收了工，姑父匆匆刨一碗饭，或者在街边买一个饼，就着一壶水咽下去，然后就骑着三轮在街上晃悠。那时候，从老城拉到新城，才五毛钱。一天晚上，姑父拉到一个小伙子，到烈士墓，很远，十元钱。路陡，全是上坡，天又黑，汗水湿了一条毛巾。姑父吭哧吭哧地蹬到目的地，正拿毛巾擦汗，小伙子却跳下车，转身就跑。

姑父骂骂咧咧的，龙头一甩，一把抓住了小伙子的衣领，将他提起来，坐了车就该给钱，你个杂种还想跑。

三轮儿，老子给你说，你识相点，莫把老子惹毛了。马上把老子放下来，一，二，三……小伙子把“三”拖得老长，带着一股凌厉的味道。“三”的尾音还没消散，小伙子就“嗖”地从腰间拔出一把匕首，匕首在夜里一闪，就一头钻进姑父的肉里。姑父身子一矮，蹲成了一坨阴影。

医生说，要住院。姑父吓了一跳，眼睛睁得咚大，你莫乱说，弄点药回去吃就行了。你们医生收钱凶得莫法。医生惊诧地抬起头，斜了一眼眼前这个大高个，扔下一句话，几根筋腱都割断了，你还要回家去，不好好治，你的右手就废了。你去找个不收钱的吧，我们医院不收。姑父悻悻地在屋子里立了一会儿，见医生的表情生硬得很，就退了出去。医生对着姑父的背影，低声骂一句，猪脑子。姑父去了另一家医院，花了五百多。我姑拿着费用单，指着姑父的鼻子，喊着他的小名，你脑壳里究竟装的是啥子？就为了十元钱，戳脱了两个月的工资。是我，他不给就算了嘛，你跟街娃儿整，整得赢蛮？！

我去坐了车，不给钱得行啵？姑父跟在我姑身后，走出医院大门。阳光晃着他的眼，姑父眯着眼望了一下天，他妈的，晓得太阳咋个这么大？把老子都要烤焦了。

我姑就把迈出的步子收回来，盯着正在看天的姑父，像要盯出火来。我姑摇了摇头，欲哭无泪的样子，你坐了车，以你的猪脑筋，不多给，我就谢天谢地了。我姑说着，长叹一口气，晓得我这辈子，前世造的啥子冤孽。说着，扭头走了，“笃笃笃”，戳得地板很疼地叫。

3

赶到医院时，已经午夜。医院里灯光昏暗，偶尔一两个人影飘过，白衣白帽，有些鬼魅的味道。

姑父侧躺在病床上，哼哼唧唧地呻吟。

王……刊，你……回来啦，强娃……，去……给你……刊哥……买……点饭来。姑父的脸肿成了一个南瓜，两只胳膊呢，有腿那么粗。

我说我早已吃了饭，姑父才把头微微侧了侧，重新闭上眼。

表弟强娃，中学毕业后，在甘肃支木。多年不见，身板结实了，脸庞更黑了，饱含着风沙和烈日的味道。

我抬着姑父的脚，表弟强娃抬着身子，一齐用力，让姑父侧向左边。姑父的肚皮肿得像皮球，身子硬邦邦的。这终于让我确信，只需一斧子，姑父就会像那根曾经挺立的青杠树，轰然倒塌。

刚翻到左边，姑父又嚷着要翻到右边。翻到右边，又得翻到左边。右边。左边。右边。左边。

你姐……回……来没有？姑父突然问，声音低得有些听不见。

刚才来看过你了，那时候你睡着了，现在跟妈一起回去休息了。表弟强娃向我看一眼，怕我会揭穿他的谎言。

强娃，猪圈……后面还有……五十匹砖……，可以砌灶……昏暗的灯光下，姑父的脸白得像一张泡涨了的纸。

强娃，你不要……不要再跟你……姐扯筋……

你妈……也不容易……你们要好好孝顺贾石匠……床板底下有一包东西……烧了……不要让你妈知道了……说完，姑父就掉进睡眠里，仿佛这句话用尽了他所有的力气。

我走到窗前，街灯洒下梧桐的影子。偶尔有一辆赛摩开得像一股风，把夜晚响亮地撕开。街对面，几家烧烤摊冒着青烟，空气里涨满辣椒面和孜然粉的味道。几个年轻人，喝着夜啤，打着响亮的哈哈。

这是我失去的第六个亲人了，外婆外爷、婆婆爷爷，还有英年早逝的姐夫。我的脑海里一一闪过他们的身影，像一幅幅久远的画，恍惚得让人看不真切。我转过身去，脑子里突然一片空白，我张开手指卡着头，闭上眼，直到这阵眩晕感过去，直到我看见姑父的身影在面前一横，才确信什么是真实。

趁着姑父昏睡的这段时间，我回了一趟农场，准备小憩一下。遵照表弟的意思，一并将姑父床板下的东西烧了。

我把床板掀遍了，终于找到一个红色的包裹。像捆一个粽子，包裹外面缠着尼龙绳。解开它，差点把我指甲盖都掀开了。一层层打开，一张照片就跳了出来。是姑父和一个女孩的黑白照，颜色已经泛黄。我一眼就认出了她，对，就是她。她紧紧拽着姑父的胳膊，头发飘起来，用笑盈盈的目光罩住了姑父。姑父拘谨地和她十指相扣，憨憨地笑。

那时候，他们还年轻。她有一张好看的瓜子脸，刘海盖着前额，嘴唇微微张开。雪白的牙。姑父也有雪白的牙。中山装。胶鞋。一米九的个头。照片上的姑父像朝阳下一棵挺立的白杨。

他们背后是一片橘林。橘林从河边一直延伸到山头，一梯一梯地叠上去。这时候的橘林正扬着白花，一片素净的白，延绵成花海。那浩荡的气势，像阳光下，芦苇吐出白茫茫的絮，铺满整整一个河床。

照片下面，是信，厚厚一摞。

原来她叫李桔花。

原来，四十年前，也就是姑父才来农场的第二年，李桔花在东河边洗衣服，不小心落了水。姑父正在修剪橘树，听到喊声，扔下桑剪撒腿就跑。救起时，她已昏迷不醒，姑父人工呼吸才救活了她。据姑父的信推断，李桔花很快就爱上了姑父，天天来农场远远地看他，还一封又一封地写信。当写到第十封的时候，姑父就请张叔叔代写回信。姑父说自己开始频繁地梦见她，梦见他们牵着手在东河边看太阳，在松米山捡松子，在田野里挖猪鼻孔，甚至还梦见在油菜地里亲嘴……在有限的信里，也可以看到他们交往的一些细节，在老城吃米粉，在儿童乐园坐木马，去观音岩许愿一生不分开……甚至，还可以拼凑出他们第一次做爱的信息：月亮很好，橘林，橘子成熟了，鲜血染红了泥土，惹起了狗叫，差点被人发现。信里自然也谈到了姑父的未婚妻，姑父称我姑为矮个子女人，说总共见了五面，谈不上喜欢，也谈不上讨厌，只是双方父母已经定下了婚期。再后来的信就有些悲切，有几封信上仍然能看到信纸被泪水浸泡后的痕迹。半年后，姑父如期结了婚，她开始时而正常时而疯傻。姑父在最后一封信里说，自己这一生愧对的只有她，只有来生变成一棵橘树，立在东河边，为她开满一树的花，等她。

4

我姑一辈子最后悔的事，就是嫁给了姑父。年轻时，有人要把她介绍给跟姑父同村的贾石匠。贾石匠，碑做得好，忙得一年四季都不歇气。但我爷爷却看上了姑父，说他是吃国家粮的。就为这事，我姑就记恨我爷爷，说，杜少全是一根木桩，老汉儿害了我一辈子，上坟的时候我连纸都不得给他烧。我姑说这话时，是一口烟一口气的。

初中时，我在乡中读书，住在我姑家。

一天晚上，我刚睡下，就听到隔壁房间里传来了嬉笑声，我姑和一个男人的。像是有人在挠我姑，她忍不住似的。笑着笑着，声音就小下去了。我还是一下就听出来了，他，是贾石匠。

后来，贾石匠不再背着我，他大大咧咧地走进我姑家。他们一起吃饭，一起种庄稼，贾石匠好像本来就是这个家里的一员似的。

隔壁王奶奶掉光了牙，嘴巴却闲不下来。说贾石匠是个能干人，做起活路来像条牛。好人没好命，女人死了，让你姑捡了个便宜，你那个姑父，唉……

姑父从王奶奶处回来，脸黑得像锅炭。一进家门就把东西摔得砰砰响，一把镰刀飞到了墙角，一只撮箕砸到了桌腿上，嘴里嘀嘀咕咕的，天知道他在闹些什么。

我姑从灶屋出来，笑嘻嘻地说，狗日的，你几个月才回来一次，还没好脸色。好饭好菜招待你，是狗嘛，也晓得给主人摇个尾巴嘛。姑父就嘿嘿一笑。

吃饭时，桌子上却多添了一双筷子。姑父正歪着脑袋想，门外就闯进一个响亮的声音：杜少全呀，回来也不说一声。

贾石匠跟即就进了屋，一进屋就摇着姑父的肩膀，还狠狠地给了一拳，砸得姑父一趔趄。

杜少全，今天我们哥俩好好喝一盅。贾石匠说着就给姑父斟酒。

那天，姑父喝得酩酊大醉，喊都喊不醒，趴在桌子上睡了一夜，就连贾石匠和我姑弄出的声响都惊扰不了他。

高一暑假。

一个月夜，我独自穿过种满蔬菜的沿河社，准备回农场。刚到路口，就看见一辆三轮车锁在路边，笼头上挂着一张红色毛巾。这不是姑父的吗？姑父呢，我低低地喊了两声。四周朦胧邈远，只有蟋蟀声连成一片。我一边往前走，一边喊着姑父。经过包谷林时，里面突然蹿出了两个黑影，向远处跑去。包谷林嚓嚓喳喳地响，狗一声不赶一声地叫起来，沿河社的灯就一盏接一盏地亮起来。

谁？

快点，抓贼！

不要让他跑了。

男男女女齐刷刷地按向包谷林。两个人影在包谷林里疯狂地跑，终究还是被一大帮人围住了。

原来不是偷菜的，是偷——人哪 。有女人扯长了嗓子说。

哈哈——哈哈。

借着朦胧的灯光，我看见姑父傻傻地站着，惶惑地搓着手。姑父旁站着的女人，头发散乱着，像鸡窝。衣服呢，一定是扣错了，衣襟一边长一边短。

啊？这是杜少全的嘛，怎么是你？有人嚷起来。

杜少全？农场的嘛，他怎么会来偷蔬菜呢？

姑父勾着的头，抬了抬，咕噜了一句什么，人群爆发出一阵笑声。

这个女的，不是农场背后李，李，李鸣虎的那个傻姑娘么？一个女人抠着头皮想了半天。

嗯，好像是。可惜了可惜了。一个女人点点头。

姑父往傻姑娘身前一站，傻姑娘就躲进了黑暗里，将姑父拦腰一抱，伸出头，朝着姑父嘻嘻地笑。

走啰，不要打扰人家，君子要成人之美嘛，老祖宗说的。一个男人打着哈哈。

要得，散啰，杜少全是老实人。一个男人把旁边的男人推了一把，还不走，你要干啥？羡慕哇，小心你婆娘……

老实个铲子，都晓得找野女人还老实？一个女人尖着嗓门说。

我一步一挨地回到农场，第一次不敢碰姑父的目光。

再次看到傻姑娘是几天之后的事了。那天，正是傍晚时刻，夕阳把天空调成金黄色。橘树正在扬花期，灿灿烂烂的青中满铺着灿灿烂烂的白。天空的飞鸟，剪着尾巴，在天空里剪了一刀又一刀。

傻姑娘就坐在农场大门口。她痴痴地看向天空，仿佛醉了的并不是天空，而是她自己。她头发披散着，衣服的上扣松了，露出一截白白的乳房。老实说，单看那张脸，其实并不坏，甚至还可以说俊俏。

张叔叔走过来。张叔叔嬉皮笑脸的：杜少全，你马子来了，还不去看看？

张叔叔朝着姑父的屋里喊，姑父的屋里正飘出一股炒辣椒的味道。

姑父侧过头，停下在锅里翻动的铲子，嘿嘿一笑。

还不快去，在门口等你了。小心王淑芬知道了，按上来捶你。张叔叔靠在门框上，摇着蒲扇，扇开一团团烟雾。

姑父嘿嘿干笑，露出两瓣雪白的门牙，正将一根橘树枝丫往灶里送，灶屋里就冒出更浓的烟，呛得姑父轻轻一声咳。

5

姑父连最简单的词语也说不了了，我们只能猜测，为他翻身或接尿。

天一亮，我姑就来了。昨晚，留下表弟照顾姑父，我姑就回农场睡觉了。我姑站在医院走廊里，大声武气地说，晓得这个笨猪咋个起的，死都这么折磨人，弄得人觉都睡不好……

一年前，姑父在农场体检就查出癌症了。我姑说，侄娃儿，看病，哪有那么多钱？猪脑壳的那点退休工资够得了啥子？不瞒你说，侄娃儿，这几年我存了些钱。但我也六十了，人是看不到的，万一哪天我……没钱怎么办？要去指望那两个，我看休想。说着，指了指从厕所走来的表弟强娃。表妹还没回来，她经营着一个水果摊，关一天门就要损失两百多元呢！

我朝病房看了看，姑父大张着嘴，大口大口地喘气，似乎要撒尿了。我赶紧拿出盆，揭开被单，姑父赤裸的身体就暴露出来，像一根腐烂的香肠。姑父的那个东西也异常地肿大，朝下耷拉着，成为一根枯死的木棍。

咋这么臊皮哦。我姑一边说，一边同表弟抬起姑父的腿，我赶紧将盆子倾斜着递到姑父的两腿间。

接完尿，姑父频繁地要翻身。左，右。左，右。我姑小声嘀咕了一句：死也这么害人！表弟戗了我姑一句，妈，你少说两句不行呀？

我，我咋子了？你以为我想说呀？我不晓得前世造的什么冤孽，嫁给一个傻子，遇到任何大事小非都没办法找个人商量，修几回房子都是我去请的人，几个老年人过世也是我在操心，村里的人情世故除了我哪个理会了？他倒好，脚一蹬就走了，剩下的事又全是我的，你的两个宝贝儿子不要我养哇？庄稼不要我做哇？有个生疮害病，都没人端药递水……我姑捂着脸哭起来，抽抽搭搭地耸着肩。姑父的嘴唇张了张，又合上了。

医生来查房，说，准备后事吧，不会活过明天了。我看见我姑吐了一口气。表弟皱着眉，木木地望着窗外。窗半开着，玻璃上映出一张卡白的脸。姑父的脸。

下午，表妹回来了。一进病房，就伏在床头哇哇地哭。姑父的嘴唇又轻轻地张了张。

表妹哭了一会儿，就被我姑打断了：你的生意重要得很蛮？你的时间就那么金贵蛮？我看以后我呜呼哀哉了，有些人回都不会回来了。

不要假哭了。表弟靠在床头，双手抱在胸前。衬衣的领口已经磨破了，汗渍黑了一圈。

我哪里假哭了？表妹“噌”地站了起来，眉毛像山峰，根根露出锋芒，我不像你，只晓得争财产。

表妹所说的争财产，我姑在电话里也断断续续给我提过一些。农场要在原址上修一栋商品房，卖给外人四千多一平，而本场职工只需要两千多。在我们家乡，男孩是继承人，可表弟去年买了车，没有积蓄，打算放弃。表妹就想买过来，并表示给表弟补偿，数额有几万。

晓得哪个在争财产？我不要，你凭啥子要？

他只是你爸嗦？表妹的牙齿有些黄，初中时，表妹就学会了吸烟。

你们是来收尸的还是来吵架的？我姑提高了声音，大声武气地说。

妈，强娃子他咋个教他媳妇儿的？我坐月子的时候她居然鼓动我老公跟我离婚，这还是不是人？要不，刊哥也在这里，刊哥是读书人，就帮我们评评理！表妹转向我。

我看见仪器上姑父的心跳突然拉成了一条直线，姑父的眼角挤出了两滴细小的眼泪。屋子里一下子静下来，像嘈杂的收音机突然断了电流。

那一刻，我看见，姑父那两滴眼泪里，映出了一片高如洋槐的橘林，无边无际，橘林上空荡漾着白色的花海。那浩浩荡荡的白，在阳光下闪着晶莹的光。

橘树旁是潺潺流动的河流，奔腾不息的河流。

栀子花开

灯下，秀芬突然想起儿子承志的一句话：妈妈，我那件白衬衣还在不在？帮我找出来。

秀芬赶忙去衣柜一件一件地翻。衬衣是承志女友淼淼送的，这是秀芬早就知道的事实。秀芬还记得承志当年穿上的情形：他站在窗前，捋着衣角，一团阳光饱满地包裹着他，从这个角度刚好能看到承志嘴角的绒毛。妈妈，好不好看喃？秀芬从头到脚欣赏着儿子，儿子渐渐有了男子汉的轮廓，这个家太需要一个男人了。妈妈，问你呢。儿子的问话喊醒了秀芬，秀芬鸡啄米一样嗯嗯地点着头，好看好看，我儿子穿啥不好看？那时的儿子还在读大学，一晃，几年就过去了。

秀芬将衬衣抖了抖，拿到鼻子下闻闻，仿佛还能闻出儿子的体香。压在一堆衣服最下面，衬衣有些皱，秀芬拿出熨斗，熨斗突突地冒着气，衬衣刺刺地响。熨好后，挂在架子上，再打量一番，就发现衬衣掉了一颗纽扣，最上面的一颗。要是没有这一颗，穿上就像二流子，这是秀芬不能接受的。秀芬忙在抽屉里翻，翻来翻去没找着。秀芬拿上衣服出门，在洗衣店、裁缝铺、百货店去找，几乎把整个小镇翻遍了，才找到相同的纽扣。秀芬跌跌撞撞地往家赶，找出相同的线，穿上针，一针一线地钉。钉好，秀芬扣上，发现有些歪，只得拆掉。天光呢，早黑了。这里是一楼，被几棵高大的梧桐一挡，黑暗就来得早。秀芬扯亮灯，灯有些暗，照得屋子里影影绰绰的，白毛的波斯猫喵呜喵呜地过来，扑在秀芬脚下，暖乎乎的一团。秀芬管不了这些，纽扣还没钉完呢。钉好后，还是歪了，上次是往左，这次是向右。又拆，再钉，反反复复四次。秀芬直起腰，才发现腰疼得受不了。

看着钉好的扣子，秀芬就有了跟儿子说话的冲动。秀芬一打电话，儿子的手机就在隔壁响。秀芬跑过去，按接听键，然后又跑回来，握着自己的话筒，哇啦哇啦地说一气。哇啦哇啦地说完，去把儿子的手机包在怀里，直到焐热了，才拿下来。秀芬点开微信，在淼淼的名字下一点，淼淼的声音就飘出来了。

淼淼：亲，睡了吗？想你呢。

承志：还没呢，没你的电话谁睡得着呀？

承志剧烈咳嗽，秀分的眉头就皱得紧巴巴的。

淼淼：好吧。你去医院了吗？

电视的声音，有人在唱《栀子花开》：栀子花开呀开栀子花开呀开，是淡淡的青春纯纯的爱……

承志：没呢。等支队检查完了再说，毕竟这是个机会。

淼淼：都拖几个月了，身体才是最重要的。你再不去我就不要你了哈。

承志：我知道，“老婆”最好了。

淼淼：“老公”，给你说件事吧。前几天，我老是吐，一查才知道怀孕了。都怪你！

承志：啊？啊！是女儿吧？你要生个女儿，我最喜欢女儿了，要你那么漂亮哟。

承志一下就兴奋了，床吱嘎一声，应该是坐了起来。看把你高兴得，就这点出息，小心你的身体。秀芬对着手机责怪道。

淼淼：谁晓得呢，生个儿子你就不要了哇？

承志：谁说了，你生啥子我斗（就）要啥子。生个石头我也要，我放在书桌上，天天看着呢。

淼淼：你生的才是石头。对了，暑假得举行婚礼了，你妈妈会同意不？

承志：好，那我几天后忙完就准备吧。

……

听着听着，秀芬就有了泪花。波斯猫瞪着圆圆的眼睛，望着秀芬，喵呜喵呜地叫了几声，像在问，你怎么了你怎么了？

秀芬抓上手机就融进了夜色里。

秀芬居住的天回镇，离成都还有一小段距离，属于城乡交接的地方，小镇房屋的外墙一律刷成白色。这里，种得最多的不是芙蓉，而是栀子花。街道的花坛里、小河边、马路中间的绿化带，家家户户的花盆里，绿道两旁，以及郊外的山边，一眼望去，全是。一进五月，栀子花就陆陆续续地开了，香气四溢，白色成海，整个小镇就被香和白层层包裹。有人从高空往下看过，他们说，开满栀子花的小镇像一个大蛋糕，上面插满星星点点的蜡烛。每到这个季节，小镇一下子就热闹了，在城里腻够了，人们齐刷刷地拥到小镇来洗肺。姑娘们穿上俏丽的裙子，躲在花丛边，让男友给自己照一张，发到朋友圈。画家也来了，支起画板，一画就是一整天。

秀芬沿着河堤走，觉得每个脚趾头都是香的。秀芬就蹲下来，凑近花朵去嗅。裙子拖在地上，秀芬也不顾惜。乘凉的人早已回去了，两条河堤空荡荡的。河风吹来，沙沙沙，把栀子花的香吹进秀芬的肺里。河水呢，是淙淙淙的，仿佛在给香气的流淌打着节拍。一想到淼淼肚子里的孩子，秀芬嗅着嗅着，就咧出一个笑来。

秀芬是熬到二十八才结婚的，在小镇，这个年龄是招致风言风语的年龄。哪知道，结婚才一年，丈夫周离就因病离开了。送走了丈夫，儿子就出生了，生产时差点要了秀芬的命。关于这个，秀芬后来向儿子说起过。语气呢，是轻描淡写的，像在讲起别人的事。那一回，儿子的头出来了，胳膊却卡住了，怎么也拉不出来。几个医生七手八脚、纷纷攘攘的，秀芬声嘶力竭地喊周离。那情形，不说也罢。

秀芬看着承志一点点长大，这一路的心酸只有自己才知道。秀芬妈背着她流了几回泪，秀芬呢，嘻嘻哈哈的，反而安慰起母亲来。高考那年，承志的分数够上清华，他却填了成都的大学。承志说，妈妈，学校近，我周末才可以回家来看你呀。秀芬呢，就笑，一笑就笑出了泪花。

办学酒那天，秀芬去成都盘了头，买了一身红色连衣裙。承志搂着妈妈脖子说，妈妈从来没有这么好看过。往前的秀芬确实不讲究，衣服都灰仆仆的。前来贺喜的同事、亲戚、邻居都不相信似的，从头看到脚，啧啧啧啧地叹。女同事们，搂着秀芬就要自拍。

送走客人，秀芬带着承志去了周离墓前。承志跪下磕头，秀芬也跪下，咚的一声，承志吓一跳。秀芬一连磕了三个，头都破了，有殷殷的血迹。承志吓坏了，赶紧去拉。秀芬一屁股坐在地上，定定地盯着碑，呆了半晌，目光空得像天空，一片云也没有。承志呢，也就坐着，眉头紧锁，看着风刮过榆树梢，呼呼地响。

承志毕业后，在区消防大队当消防员。淼淼呢，在镇上邮政储蓄银行工作。这两个，从大一开始就好上了。秀芬知道这件事，是一年之后的事了。

秀芬现在要去的正是淼淼家。秀芬嗅完栀子花，继续沿着河堤走，一直走到小镇最东边。秀芬习惯性地往二楼望，亮着灯，秀芬就微微一笑。秀芬提着碎花裙，步子就快了些。

楼道的声控灯应声亮起来。敲门。再敲。

谁呀？是淼淼妈。脚步声由远而近。

我，亲——秀芬想喊一声“亲家”，突然就住了口。

门“吱呀”一声开了。哦，是秀芬呀。有事吗？淼淼妈披散着头发，熟悉的洗发水味道扑过来，比栀子花还浓烈。

淼淼、淼淼在家吗？

淼淼妈穿着的睡衣，秀芬还记得，是去年春天他们在成都挑的。为了买到喜欢的，她们可转了大半天。

没呢。到外婆家去了。有事呀？淼淼妈将手收在胸前，脸呢，僵得像石块。秀芬看见，一个影子轻轻飘过，钻进另一间屋。正是淼淼，化成灰，秀芬都认得。

不可能吧，我才看到她。我可以进来说话不？秀芬往前一步，一只脚跨过了门槛。

太晚了。有什么事明天说嘛。淼淼妈拦在门口，寸步不让。

我就跟淼淼说几句……

淼淼妈跟秀芬认识多年了，在这个小镇低头不见抬头见。儿女好上之后，她们的关系就像入夏的气温，噌噌噌地往上蹿。一起买菜，一起跳广场舞，一起在河边走走……秀芬觉得，自己都要融进淼淼妈的身体里了。

明天吧。说着，淼淼妈“砰”的一声关了门。

背它妈的时哟，运气霉喝水都塞牙。秀芬正要离开，听见淼淼妈的声音从屋子里传来。

秀芬就折回来，敲门。一下，两下，三下……

“砰——”

不知是谁在燃放烟花。秀芬从走道望出去，正好看见烟花在夜幕里爆开。像什么呢？花。栀子花。秀芬耸耸鼻子，仿佛那花香就钻进了肺里。

等到过年了，承志会在家里待几天，嘿嘿。秀芬努力地敲敲脑袋，才猛然记起，现在才是六月。

事实上，除了秀芬外，淼淼妈也看到了那时候的天空。“栀子花”正由银白变成浅黄、浅绿、淡紫、清蓝、粉红……整个天空被七彩塞满了，连星星，连云朵，都挤得不见了。

六下。

门“嘎吱”一声开了，带着一股凌厉的风。

你还有啥子事？

我……我想……淼淼妈，让淼淼把孩子生下来吧……

想都不要想了。我女儿什么时候有孩子了？她还是女孩，请你不要造谣哈。

只要能把孩子生下来，要什么补偿都可以，你说个数目……

又一束烟花腾空而起，伸到半空，小火星飞溅开来，拖着长长的尾巴缓缓落下，像翩飞的蝴蝶。天空，醉得不成样子了。

承志妈，我再说一遍，我女儿还是女孩子，没怀小孩，更没怀承志的小孩，这点我想再给你说一遍。你不能造谣，你再造谣，就不要怪我不客气。

我没造谣。我有证据，微信语音……我愿意花任何代价来抚养……

你……你那是证据吗？秀芬，我说，这么多年，我对你怎样，你是知道的，咋个现在反咬我一口？你钻到我女儿肚子里看了的？怪兮兮的。你儿子一甩手走了，我女儿怎么办，你想过吗？她还要活人啦，她才二十四岁。自从出了那事，亲戚朋友的关心都把我们都弄烦了，请你就不要再来骚扰我们了。

“砰”！门再一次关上，过了好一会儿，防盗门还在哆哆嗦嗦地抖，一抖就抖下了暗红的铁屑。

秀芬深一脚浅一脚，跌跌撞撞往回走。

现在，秀芬一个人走过河边。夜风撩起头发，拼命向后拽。河面上泛着点点水光，梧桐树倒映出黑黢黢的影子。栀子花匍匐在梧桐树下，在月光里点缀着点点的白。秀芬只顾埋头“笃笃笃”地往前走，栀子花是甜着别处的人了。

周离还在的时候，河堤还没修，两岸荒草。周离就探着荒草踩下去，甩一根钓竿，一坐，就是一上午。秀芬坐不住，只在周离收竿时才提着鱼桶回家去。后来呢，承志又陪着自己走过了一年又一年，走得秀芬的脸上起了皱，头上添了白发。淼淼的加入使得笑声在河面泛起了水花，这水花也开在了秀芬的脸上。秀芬曾经觉得，将他们送进婚姻的殿堂，自己就功德圆满。现在看来，这近乎一个笑话。

儿子从送进医院，仅仅三天就离开了。几个月前，儿子承志说身体不舒服，却又遇到支队大检查。秀芬就说，等检查完了再说吧。办公室副主任的位置一直空缺呢，主任见到秀芬时，暗示几次了。哪知道呀，等迎检完毕承志走进医院，就再也没能出来。秀芬一想起来，就狠狠地揪自己的头发。

那几天，淼淼寸步不离地守在医院。淼淼妈呢，也忙前忙后。病危通知书下来的那天，秀芬看见淼淼妈一面宽慰女儿，一面背过脸去，偷偷抹眼泪。手里攥着的一把餐巾纸，被眼泪和鼻涕染湿了。

秀芬记得，承志弥留之际，摊开的右手手指突然往里一收，握成半拳，像在向谁喊：过来。淼淼立即握住了这只手。承志喉咙里咕噜了几声，像要说什么。

秀芬，快，承志要说话。淼淼妈扯了扯秀芬，秀芬呢，正端着一杯温水，拿着棉签，准备给儿子润润嘴唇。儿子，你说啥，妈妈在。

橙子橙子，说吧，我听着呢我听着呢。橙子，是淼淼对承志的昵称。淼淼将耳朵凑近承志，秀芬看见淼淼突然睁大了眼睛，像受到惊吓，然后目光变得坚毅，拼命点头点头，橙子，我会的我会的。

承志说完，一滴瘦小的眼泪爬出了眼角。

承志，离开了。

淼淼拍着承志的脸，像要把他唤醒似的，憋了好久的哭声终于汇集成海。秀芬呢，赶紧去拉淼淼，淼淼，不哭了，乖哈，不哭了。淼淼呢，半蹲着靠在床边，手紧紧箍着承志的身子，脸侧靠在承志的胸口处，身子战抖着。我会的我会的。淼淼说。

淼淼妈拍着女儿的肩膀，淼淼淼淼，不哭了……

我会的，橙子你放心吧。淼淼说。

秀芬看见淼淼妈，默默地走出房间，手臂撑在门框上，头靠着手臂，耸着肩。秀芬趋过去，拍着淼淼妈的背，亲家不哭……对不起对不起……

后来，秀芬总会想起这个时刻，一遍一遍地想起。秀芬惊异的是，自己怎么安静得不像自己。是不是自己始终不相信，那个时刻会到来？

请大家翻到第九课。

老师，今天该上第十一课啦。

秀芬这才记得，第九课上周就上过了。

请李杰雨来回答这个问题。

老师，我是张鹏程。

秀芬就懊恼地抓抓头，秀芬的头发掉得越来越多了，大把大把的。人过了四十，头发就落成秋天的树叶。

主任办公室。主任递过一个信封，满满的，全校的捐款。主任握着秀芬的手，秀芬，主任叫了一声，秀芬抬起头，主任欲言又止。

秀芬，你近段时间情绪不好，学校决定把你调到图书馆，工作清闲一些，对你休养有好处。

不。主任，我能行。不。秀芬挣脱主任的手，蹦起来。

蹦是蹦了，但秀芬还是只得将办公桌搬到了图书馆。

走出图书馆，遇到以前班上学生。

老师，您去哪里？

我回家。

老师，您走错了，您的家该往那边走。

秀芬就折回去。该死，朝这里走下去，不是淼淼家么？几天没看见淼淼了。对，这时候去，淼淼应该在上班的。

当然在上班。淼淼的窗口前排起长龙，淼淼低着头在键盘上敲，又将一叠单子从一个小孔里递出来，喊签字。淼淼是个干练的女孩，短发，肤色微黑，眉目里掩藏着娇羞。秀芬越看越喜欢。淼淼接过单子，举起印章往单子上戳，“啪啪啪”地响。秀芬站在门外，死死盯着淼淼，看不够似的。站得久了，脚就有些麻，秀芬弯下腰去捶了捶。离下班还有一小时，秀芬坐在台阶上等。这个台阶，秀芬一探头就可以看到淼淼。除了偶尔看一看淼淼外，秀芬长久地盯着那望不尽的栀子花发愣。秀芬觉得，自己快被这耀眼的白包围了。

大堂的人越来越少，秀芬看见淼淼已经竖起一个牌子：此窗口停止营业。然后在保险箱里将钱一扎一扎地拿出来，一一清点、核对，与主管移交。然后，淼淼站起来，把椅子挪动得“哐当”一声。朝后面的小屋走，秀芬知道，淼淼会在那间小屋里换上那条层叠的蛋糕裙，然后从大门出来。秀芬抻抻包，站起来，竟有些支撑不住了。

秀芬站在街边，这时候临近黄昏，晚霞把天空照得通红，云一朵接着一朵，均匀地覆盖着天空。蓉城，只有在雨后，才会这样的蓝、白和红了。要在以往，秀芬一定举起相机，对着天空一阵拍。

淼淼出来了，走得很匆促。秀芬一步抢过去，抓住了淼淼的手臂。

干什么？淼淼“啊”的一声尖叫，你……秀芬阿姨，你这是？

把小孩生下来吧，算是阿姨求你了。秀芬说着，双膝一曲，跪到了地上。

什……什……什么？阿……阿姨，你……

把小孩生下来吧，算是阿姨求你了。秀芬箍着淼淼的一条腿，像是在喃喃自语着，把小孩生下来吧，算是阿姨求你了……

这时候，淼淼看见，四周的人群黑压压地围拢来，刀子样的眼光戳在自己身上。语言的石头有时砸向秀芬，有时砸向淼淼，有时呢，只剩下空空的嗟叹。

秀芬只顾着喃喃自语，她无法看到的是，淼淼涨红的脸。她，只顾着看着地上了。秀芬感到淼淼正努力往外拔着自己的腿。

你这个不要脸的，你又在造什么谣？秀芬听见，淼淼妈的声音惊慌地穿过人群。秀芬仿佛看见，一头被猎枪打中的豹子，呲着金黄的皮毛，圆睁着双眼，张大嘴巴，露出四颗尖尖的獠牙，从丛林里俯冲而来。

秀芬感到，自己的手臂火辣火烧地疼，像是被什么钳住了。淼淼妈用力地往后拽，秀芬呢，死死地抱住淼淼的腿。

秀芬听见，淼淼妈一声大吼。然后，自己就像一截木头被扔了出去。

啊——

接着，秀芬听见淼淼惊慌的声音。孩子，你惊慌什么呢，别吓着肚子里的孩子呀。这是秀芬被甩出去时唯一能够念叨的了。

秀芬也记得，自己倒下去时，撞在了什么尖锐的物体上。秀芬觉得，有什么滚烫的液体汩汩地流出。在秀芬闭上眼之前，看到的是脚边的花坛。那里，栀子花开得不可遏制。在青青的叶子里，秀芬还看见，那些藏着的花骨朵，随时准备着生命的接替。

淼淼顺着楼梯噔噔噔地向下，一口气跑出了医院大门。

昨天，淼淼妈忙完秀芬的事，从医院回来，眉头就一直紧锁着，在客厅里踱步。母亲每走一步，淼淼的心就紧一紧。淼淼站在卧室的窗前，窗外的天光暗下来了，一轮满月升到空中，在薄薄的云层里穿行。

淼淼还记得那次跟承志闹分手，承志站在楼下，弹起吉他：……这是个季节，我们将离开，难舍得你，害羞的女孩，就像一阵清风，萦绕在我的心怀……月光如水，歌声似泣。每家的窗口都挤着几个脑袋，看着在月光里晃动的一团影子。淼淼已经记不起，自己是怎么跑到楼下的，只知道他们紧紧地抱在一起，被栀子花包裹，被月光包裹，被小区目光的祝福包裹。从那一刻起，淼淼知道，再也没有什么能将他们分开了……

淼淼盯着楼下，栀子花还在，月光也在，淼淼仿佛又看到了那团影子。淼淼伸出手，才突然惊觉。事实上，淼淼也不知自己站在这里多久了。好像一个世纪？或者还要久？腿有些酸了，连眼睛也有些酸了。淼淼手里紧紧攥着的水晶魔方，是承志去年送的生日礼物。魔方上，自己笑得那么憨。而承志呢，专注地看着自己的侧脸。那眼神，能把人看碎。淼淼一直将魔方放在枕边，仿佛只有承志陪着，自己才能安然入睡。

妈妈踱步的声音一声紧似一声，淼淼知道，是该做决定的时候了。自从跟了承志以后，很多决定都是向着承志的，可是这一次呢，这一次还是吗？

淼淼一转头，就看见爸爸在卧室门口站了站，叹息一声，然后回到客厅，坐回窗边的藤椅上，紧扣着十指，双腿交叠，脸上生硬得像钢铁。

人都不在了，还要这干什么？淼淼想。妈妈说得没错，是该向前看了。淼淼将魔方举起来，在空中停顿了一小会儿，终究还是狠狠地砸向地面。

嘭——轰——

魔方碎了一地。那张合照碎成了两块，就从淼淼和橙子之间，硬生生地裂开了，像谁在中间直直地划了一刀。

明天，我将是我了。

淼淼将碎块捡起来，一一扔向垃圾桶。最后捡起的，是有承志的那块。承志正痴痴地看着自己，像要说什么似的。承志要说的，淼淼懂得。

对不起，承志，承志……对不起……

淼淼眼里，噙满泪花。手一扬，橙承志就砸向垃圾桶，垃圾桶晃了两晃。

就这样扔了吗？他就这么不堪？这个世间，什么才是最重要的？如果哪天也有人这样对你……淼淼感到，自己的每根骨头都在抖。

淼淼慌忙到垃圾桶里去掏，又一块一块地拼好。淼淼抚摸着自己和橙承志之间的裂痕，淼淼知道，它的弥合需要一生的时间……

淼淼妈听见响声，快步走进来。

怎么啦怎么啦？没事吧，你，唉，你真是……

淼淼记得，自己连头也没有抬。

明天去做手术。

不。

这事你说了不算。明天去，死也得去。妈妈丢下这句话就离开了，人字拖的声音消失在客厅的窗边。

难道那个死人的感情就不值钱吗？淼淼冲着客厅喊，泪花"唰"地滚落了下来。啪嗒——啪嗒——

算个屁呀？你死脑筋呀？别人不活，你也不活了？鸡蛋大点的地方，风一吹草就动，你也要让我活不下去？这么多年，辛辛苦苦把你养大，我们容易吗，咹？

……

这是我跟你爸决定了的事，由不得你了。

……

后来发生的事，淼淼都记不得了。只听见爸妈的床响了一夜。淼淼在隔壁，睁着眼睛，翻了几次身，天就亮了。天竟然就亮了。

洗漱完，淼淼就被架着去了医院。做了各种检查，临做手术前，又跑了出来。

淼淼妈追到花坛边，拉住了女儿。

你想咋子，咹?

淼淼不响。

我问你，你想咋子? 淼淼妈掀了一下淼淼的头。淼淼头动了一下又弹回原位。

你……你要气死我哇? 气死我你就安逸了哇? 唉……淼淼妈重重地叹口气，用脚跺了一下地，早知道……早知道什么呢? 淼淼妈并没说下去。

妈妈也是没办法，你要原谅妈妈……

淼淼妈……生下来吧……淼淼抬了抬头，淼淼看见，秀芬阿姨挎着包，头上缠着白色纱布，正急匆匆地赶来。

你做白日梦嘛。要生你自己生，别来找我女儿。淼淼妈一脚踢飞了一颗石子，石子朝花坛滚去，在石壁上一磕，停了下来。

淼淼，生下来吧。秀芬蹲在淼淼面前，打开鼓鼓囊囊的包，坐月子时我来做月嫂我会做饭我会洗衣我会熬汤我会兑奶粉我会做小孩的鞋……生下来，我给你介绍男朋友我远房的侄儿人大毕业在区委工作……秀芬嘀嘀咕咕地，一刻也不停，仿佛一停下来，世界就不在了。

你看这是我给小孩做的鞋，你看，你看看吧。这里绣了一朵栀子花。她从包里拿出一只鞋，指着鞋尖给淼淼看。淼淼看见，一朵栀子花在灿烂地开放，像一张满含期待的脸。淼淼还看见，秀芬阿姨端着鞋子的手，像风中抖动的树叶。

秀芬从包里掏出一个笔记本，捧到淼淼眼前。笔记本的扉页上写下一行大字：妈妈，要是我不在了，请把这个笔记本给淼淼，告诉她我爱她。秀芬一页一页地往后翻，这是高中时他对你的暗恋，发誓要照顾你一辈子；这是你们在五龙山烧烤，惹你生气了，他在赔不是；这是你们在北京登长城，他最喜欢你站在长城上张开手臂的样子……对了，这一页还提到那件你送他的衬衣，就是这件。秀芬从包里小心地捧出那件白衬衣，衬衣洗得干干净净，叠得方方正正的，一颗扣子都不少。

淼淼“哇”地哭出声来。

淼淼当然记得这件衬衣的事。大一那年，淼淼同意承志去北京看她。承志为了给淼淼摘野果，衣服被树梢挂破了。淼淼就偷偷买了一件送给他，藏在回去的行李里。好像，他们就是从这件衣服开始的，一共走了六年，满满当当的。

淼淼，淼淼，生吧，没什么好犹豫的，这是补偿这是补偿，我把房子卖了……秀芬说着往外码钱，一叠一叠地码，淼淼的脚边堆得像座山。

秀芬几天前就把房子挂出去了，自己呢，搬到了新租的单间去住。中介带了一批又一批人来，这些人看过后，都纷纷摇头，说阴气太重。秀芬就调低价格，由五十万到四十万，再到三十二万，秀芬也咬牙卖了。取完钱，秀芬听说淼淼去了医院，就匆匆赶来了。

秀芬阿姨……淼淼突然站起来，秀芬也跟着站起来，淼淼抱着秀芬泣不成声，秀芬阿姨，承志死的时候，叫我把孩子生下来，秀芬阿姨，你说我该怎么办呢，秀芬阿姨？

秀芬紧紧地抱着淼淼，淼淼妈也将手搭过来，紧紧地抱着女儿和秀芬，泪滴已经滚到了眼边。

一个轮椅被推过来。轮椅上坐着一位老人，老人的须发全白了。他停在花坛边，深深地吸了一口气。哇，真是太香太香了。老人微微笑着，脸上呢，满是慈祥。

她们仨这才注意到身后的花坛。此时的花坛，栀子花正灿烂地绽放。晶莹的露珠，在花瓣上摇摇欲坠。再往远处看，四野里的栀子花，一眼也望不到头。

谁都还记得，几个月之后的一个深夜，所有人都睡下之后，一个初生婴儿的啼哭，穿破小镇上空，仿佛从天外远道而来。

谁都还记得，就在婴儿啼哭的那个深夜，所有人都睡下之后，一个苍老的声音，一一叩开小镇每一家的防盗门，我的儿子呢我的儿子呢。那声音，仿佛从天外远道而来。

沉香木

1

昨夜下了雪，现在只剩下满山谷的白。这辈子，山桃不知道看过多少次雪了。

五岁那年，一场雪下了三天三夜，压得屋后槐树的枝丫“咔嚓”一声断了。就在这天夜里，爷爷冻死了，爸爸的哭声将破茅草房撑得满满的。

这些事，过去八十年了。想起来，很近又很远，远到都记不得了。

山桃提上斧头，走向那棵樟木树。山桃要去砍下一块樟木，给秀芳做药引。一进冬天，秀芳的腰就开始疼。那时候，天光刚放亮。山桃抻了抻袖子，把手包起来，寒气就逼在了外面。

这些天，秀芳总是做同一个梦。一个白发老人，捋着白花花的胡子说，我是张医生，吃了我的药，你的腰疼准会好。老人盘坐的石头，好像在哪里见过。在哪里见过呢？秀芳实在又想不起。

这个梦一连做了三天，秀芳这才觉得蹊跷。她坐在院子里，向山桃絮叨了半天。秀芳九十一岁了，说起话来像在吞稀饭，往里喝着风，“哗啦哗啦”地响。

山桃歪着脑袋想了想，一拍大腿，说，大嫂子，你说的是沙包嘴哇？那里石头上有一棵樟木树，一定长成气了。

嗯。看来真是沙包嘴。那棵树倒是有些年头儿了。

你还记得不，上次你家那个菜板的事？山桃衔着烟杆，吸一口，吐出来。

秀芳当然记得。于是，他们又把菜板的事从前到后说了一遍。

事情大致是这样的，五八年大炼钢铁，生产队的人砍了沙包嘴一棵樟木树。秀芳偷偷锯下一截枝丫，做成了菜板。直到去年，秀芳整理屋子，才将废弃的菜板扔到了核桃树下。那几天，一直下雨，秀芳每天做同样的梦，一个白发老婆婆站在核桃树下说，你们倒安逸，睡在干处，把我一个人撂在雨坝里，这雨，把我淋得……秀芳就来到核桃树下，核桃树下除了那个菜板，什么也没有。奇怪的是，这梦，山桃也做了几晚上。于是，他们把它抬到堂屋里，就再也没做梦了。

秀芳絮絮叨叨的，从这里说到那里，又从那里说到这里，全是些几十年前的事。说着说着，就把天光说没了。

今天一早，山桃突然记起秀芳昨天的话，就提着斧子出去了。踩在雪上，雪声“吱吱”地响，像脚下跟着两只吵夜的老鼠。

山桃站在树下，向上望望树冠。树冠并不大，现在缀满了一头的白。树身一人就能合抱，树根积满雪，但仍能看出它们努力抱住石头的样子，仿佛哪一根不抓紧，树就要被风卷跑似的。

对不住了哈，我要砍你了，树神。说完，山桃摩挲着树身，仿佛在擦拭着自己心爱的烟锅，大嫂子可不能死呀，死了青松咋办？

山桃又看一眼树冠，叹息一声，然后挥起斧子，朝树根砍。山桃砍一下，树上就掉几团雪。山桃的头发上、背上都撒满雪花。山桃砍下一块香樟木，树身就露出白白的豁口。山桃刨开积雪，扯出一把草，将豁口围着。这天气，连树都受不了。

2

这个院子，原来住着五家人。这些年，多数都搬到城里去了。剩下的两家，山桃一家住左边，秀芳一家住右边。

秀芳嫁过来的第五年，两家打了一场官司。那一年，雨水多，打了的麦子没处晒，山桃摊在了堂屋的左边。秀芳看见了，就冲着山桃喊，你怎么把麦子晒到堂屋里，你晒了我家怎么办？

这堂屋有我一半，我咋个不能晒？山桃平端着木桠耙，一字一顿地说。

你搞没搞错，这堂屋怎么就是你的了？你马上给我把麦子收走，不然我帮你收。

这堂屋是关堂屋，你想独吞，休想。你敢动我一颗麦子，我就跟你拼命。不信，你赌一下。

秀芳眼睛睁得溜圆，我今天偏就要试试。说着，踹起几脚，麦粒就飞得满屋都是。

山桃的木椏耙拦腰一扫，秀芳就“啊呀”一声，差点栽倒在地上。秀芳叫着冲上来，山桃的木椏耙竖着劈下来，秀芳一躲，大儿子青松恰巧冲进来，就挨了一闷棍。青松捂着脑袋，哭起来。那哭声，像是被狗撕烂了腿。

青松被打成了脑瘫，一躺就是六十年。

当天，秀芳把在地上乱弹的青松留给了丈夫。自己提着斧头，去劈山桃家的木门。劈完门，放倒了屋后那棵柏树。柏树倒下时，砸坏了山桃的房梁，丫枝戳进了屋里。那棵柏树，是山桃的老木。

一个月后，秀芳把山桃告到了法院。法院判下来，山桃赔偿五千元。为这五千元，山桃足足凑了二十年。

堂屋呢，法官一眼就看出了问题，山桃的房产证有更改的痕迹。后来才知道，为了这更改，山桃专门跑了一趟县城。

当天，山桃“哇”的一声就哭了，法官大人你就开开恩，不然，百年之后我都进不了堂屋呀，法官，你就开开恩。

法官说，我开恩没用，要你嫂子开恩。

秀芳坚决不让，说你把我儿子赔起我就让。场面就这么僵持着，最后法官开了腔，人家也不是故意的，钱也赔了，你把人家的老木也砍了，房子也砸了，你就大人大量。

秀芳还是扬着头，冷冷地说，让，可以，不过得从我裆下钻过去。

山桃歇了一会，咬着牙说，好。

山桃就从秀芳的裆下钻过去。本以为钻过去，山桃就会停下来。秀芳还没来得及收好腿，山桃就又钻了回来。一边钻，一边说，我让你爽够。一口气，就钻了三个来回。要不是法官抓住了他，山桃就停不下来，他像迷上了一种自己喜欢的游戏。

现在，山桃有些不愿意回忆这些事了。不是因为遥远，而是一想起来，胸口就疼。

3

山桃熬好药，满院子都飘满了樟树的香味。山桃给秀芳端过去时，秀芳才起床。秀芳弓着身子，正洗脸，洗脸盆在架子上“哐当哐当”地响。秀芳嘴里哈出一团团白气，转过身，一边说，是啥子这么香？

大嫂子，你的张医生来了哟。

你真去砍了哇？秀芳接过药，手抖得像收音机里稳不住的电流。

你喝一下，如果情况好，我就再去砍。青松起了没有？

没有。啊，这个药硬是浓得很，满鼻子香。秀芳喝一口，咂着嘴说。秀芳的嘴只剩下两张皮了，一张，空洞得像打过谷子的稻田。

大嫂子，慢慢喝，还有点烫人。今天，我们给青松洗下澡哇？

看看天气嘛，太阳大就洗。秀芳咕噜咕噜地把药喝下了，抬头看看天。这时候的天空，云薄薄地铺着。阳光，正把云层大大咧咧地推开。

一进冬天，青松就没洗过了。秀芳又说。

山桃回到自己家，准备做早饭。一个人的饭不香，山桃就和秀芳商量说，那就轮流做吧。秀芳一天，山桃一天。今天，轮到山桃。

在做饭的间隙，山桃给猪喂了一瓢食。老伴死得早，儿子去了城里孙子家，山桃死活不肯走，家里一下子就静下来。除了这头猪的哼哼外，就只有自己鞋子的回声。

小白，要好好吃，吃一口就少一口了。山桃俯在猪圈上说。这些年山桃确实越来越吃不下了。山桃最喜欢的是稀饭，熬得很烂的那种。除了稀饭，山桃还会把煮熟的半年菜（儿子回来说，城里人称作“厚皮菜”）撕成很小的条，凉拌起来。简单，又味美。

喂完猪，锅里就开始“咕嘟咕嘟”地响了。山桃揭开盖子，拿铲子兜着锅底搅上一搅，一股米饭的香、红苕的香，就飘满屋子。山桃努力耸耸鼻子，一耸鼻子，山桃就想起了小花。去年，小花被人打死了，山桃默默地伤了几回心。这以后，山桃就再也没养过狗。山桃觉得，哪怕是踩死了一只蚂蚁，现在的自己都会伤一会儿心。

吃完饭，山桃去了一趟川心店。一瓶酱油，四包盐巴，一块肥皂，来回四公里的路，就把山桃走得气喘吁吁的。

山桃回到家，太阳已经升得老高了，照得田野白晃晃的。房梁上的积雪开始融化，水滴一点一点地往下淌。山桃看见，秀芳的房顶吐出一股烟，烟子叶得歪歪扭扭的。山桃知道，秀芳已经烧好了洗澡水。山桃就把抬人的架子拖到青松的屋子。屋子里的气味，熏得山桃几个趔趄。

青松下不了床，这些年，山桃和秀芳也扶不动他了。

山桃还没放好架子，青松就吼起来，吼的是什么，山桃可没一次能听清。山桃看了看青松的脸，青松的胡子好久没刮了，一根根像银针。头发乱蓬蓬的，打着结。早先，还没进入五十，青松的头发就白了。现在，它像打了一夜的霜。

不知道从哪天开始的，山桃就不敢去看这张皱得恼火的脸，仿佛那张脸里藏着一只金钱豹，要将自己活活吞了。

每次，都会花很大力气，才能将青松的手脚固定在架子上。然后，山桃拉起架子上的绳子，往外拖。要在七十多岁，情况会大有不同。山桃和秀芳一声喊，就把青松抬到屋外了。

秀芳给青松洗头，山桃洗脚。秀芳抹上肥皂，抓着头发在手里揉，轻轻地，像是怕把儿子弄疼了。污水顺着头发流下来，在地面散开。散开之处，雪看着看着就融化了。蜿蜒着，污水流得又远又长，就像那些从指缝里溜走的白天和黑夜。

儿子，疼不疼？妈给你洗得疼不疼？你小时候多乖呀，你爹要淬錾子，你就给爹拉风箱。我要出坡，你就带着弟弟玩。你还帮山桃二爹喂鸡、捡柴。这些，你还记得啵？

秀芳说着，眼圈一下就红了。儿子，你有啥子事就给妈说，有妈在，不怕。

青松像在听，又像没有听，嘴里“哇哇”叫着。

山桃洗到腿了，青松的腿像两根枯柴棍，皮包着骨头。

秀芳抠着青松的头皮。不知道怎么了，今天她动作特别慢，也特别轻。儿子，哪天妈要出一趟远门，如果我走了……

秀芳说着，起了哭腔。山桃抬头看一眼，秀芳的眼泪就滚落下来。山桃掏出手绢，战抖着给秀芳擦。擦着擦着，自己的眼圈也红了。

小院暖烘烘的。秀芳抬头看看天，太阳，正移向头顶。云层轻得像烟，又像纱。云层的背后，是瓦蓝瓦蓝的天。那天，伸出巨大的手掌，将云轻轻地揽在自己的怀里。

4

洗完澡，山桃拿上手锤，朝沙包嘴走。那里，路边竖着一块碑。碑的正中刻着几个字：山梨一家之墓。字有碗口大，刻得又深。几十年了，字迹有些风化，却仍然可以辨认得清。碑两侧现在还有些残存的凹痕，山桃记得那两行字是这样的：山桃猪，狗不如；秀芳狗，不如猪。

这碑是打官司那年做下的。

那天，山桃还没回到家，他钻裤裆的消息就传遍了村子。女的说，山桃，裆里好闻不？我的裆你什么时候钻？老娘用香皂洗过的。男人说，你傻呀，进不了堂屋，就可以钻女人的裤裆？

消息自然是秀芳传出去的。山桃想不过，就毒死了秀芳的狗。秀芳知道这事蹊跷，站在屋檐下扯起嗓子就骂开了，哪个杂种，毒死了我的狗，你不晓得吗？那狗是你干爹，你婆娘就是这个狗 X 出来的。你对你干爹这么狠干啥子，有本事你对着人来呀……

山桃背着背篼从竹林里转出来，你在骂哪个？哪个狗是你干爹？山桃将钉耙在地上敲得“咚咚”响。

架越吵越难听，加入的人也越来越多。等山梨回来，两个男人就打了一架，山桃坏了一颗门牙。

输了的山桃就做了那块碑。做碑的消息比风还跑得快，一顿饭工夫，就在全乡全村传开了。

有人说，狗日的，给活人做碑，绝。秀芳，这仇你要报呀。有人说，秀芳，奇耻大辱呀，比钻裤裆还恼火，你看，碑竖在那里，辈辈人都看得到……

不是秀芳没砸过，只是砸了，过了几天又竖起来了，顽固得像身上的牛皮癣。山桃是石匠，手巧得很，自然是不怕你砸的。山桃放出了狠话，这辈子，他只做这个碑了。

秀芳就去镇上买雷管，她要把山桃的房子轰垮。买好雷管，正往回走，碰了以前的法官。法官骂了秀芳一顿，你不要命了？这是犯法的，你想坐班房？想坐，现在就跟我去。顿了顿，又说，放心，秀芳，我好久见到山桃，说他一下，这个娃儿想搞啥子？

不知道后来法官见没见过山桃，说没说过他。倒是秀芳想通了，对山梨说，老天爷的事他狗日的管不了，他说短命就短命？那还要老天爷干啥子？他这样作践，说不准咒的是自己喃。

这块碑就在沙包嘴戳了几十年。今天，山桃要亲手砸掉它。山桃抡不起大锤了，也抡不起二锤了。山桃要用手锤，一锤一锤地敲。

碑顶的积雪开始融化，雪水的印痕流得一道一道的，把整个碑都流花了，像是有人在哭泣。山桃折下一根树枝，将雪一片一片地戳掉。戳完雪，山桃绕着石碑转一圈，一遍遍抚摸着碑身。山桃一摸，石花就掉下一块。

山桃突然跪下，大哥，对不起……我真不是人呀……山桃停了停，疙疙瘩瘩地说，大哥，大哥，你，你，你的在天之灵，要保佑大嫂子和青松……他们不容易呀……

山梨是六二年走的。那一年，青松的弟弟死于饥饿。接着，山梨也莫名其妙地死了。山梨死的前几天，从沙包嘴回来。那晚有淡淡的月光。山梨转过一道弯，就看见石碑旁有火光，一闪一闪地，像是有人在抽烟。山梨远远地开始咳嗽，没回应。山梨走近，火光转眼就不见了。等山梨走过石碑，那火光又出现了。山梨跌跌撞撞地往家赶，从那夜起，山梨开始说胡话。几天后，山梨就死了。有人说，山梨遇到了山鬼，是它来接他回家了。也有人说，是山桃的诅咒应验了。当然，还是有人说，山梨是被自己吓死的。

大哥，我不该装鬼来吓你，哪晓得你胆子这么小。山桃说完，磕起头来。脑袋磕在石碑的拜台上，拜台上便有殷殷的血迹。磕完头，山桃挥起手锤，一下一下地砸。每砸一下，膀子就疼一下。

5

地里还闲着几根萝卜，秀芳要将它们拔起来。家里的蔬菜就只剩下这些了，再不趁着早春播点种，二三月就没吃的了。没吃的，青松怎么办?

无论如何，今天要把这块地挖出来。

秀芳就望着屋前的这块菜地发愁。这块地其实只有两三个簸箕大。山梨死得早，秀芳就把自己逼成了男人。耕田耙地，拉锯上梁，背拌桶打谷，她跑得像一阵风。公社挣工分那阵，哪样输给男人过?土地包产到户了，她的小菜总是吃不赢，卖一些，也摘一些给邻居。至于包谷、谷子、红苕和洋芋，她哪样庄稼种得不好?

只是，自己的力气越来越不如以前。上次，去坡上砍了几根柴，居然手臂疼了一整天。把这块地挖完，还不要了我老命？但话说回来，我秀芳这辈子什么时候低过头？

秀芳将萝卜拔起来，扔在筐子里，有大半筐。秀芳试了试，端不起，想等山桃回来帮忙。这个家伙，下午早早就往沙包嘴走，拿个手锤，问他他也不开腔。

太阳暖暖地照着，很舒服。积雪化得差不多了，树枝上还星星点点地卧着一些，像春天里树枝眨着的眼睛。天空被雪洗了一遍，格外蓝格外清，脚下的土也黄得格外讨人欢喜。

一过中午，秀芳就觉得身子好多了，腰也不疼了。果然，那樟木树是成了气的。这么想着，秀芳的心里就踏实了些。不是怕死，是怕死在儿子青松前头。这些年，一有头疼脑热，秀芳就担心得很。

秀芳只能举起点锄了。秀芳一锄一锄地挖，点锄挖不深，秀芳就再来上一锄。秀芳弓着背，身子一起一伏。阳光也就一起一伏。秀芳古铜色的脸上皱皱巴巴的，像一块刚出土的砖头。

挖了好一会儿，才挖出一个角。汗却浸满了额头。这是冬天，背心里也出汗了。山桃还没回来，他在，还可以说说话，这样会觉得轻松些。

秀芳挖一会儿，就直一下腰，背着手去捶一捶。太阳眼看着就要下坡了，秀芳的地还没挖到一半。这狗日的天，就不能晚一点瞎眼吗？这狗日的力气也是，就不能再留一点？秀芳看看太阳，天空的云还是那么白。这狗日的云也是，人走了，它却不管，照样还来。不过，我求你，等青松走的那天，你要来看他，送送他。云，你答应了的事情你要做到呀，我们打了一辈子的交道了，你可不能骗我。

秀芳看完云，又盯着那棵椿芽树看。椿芽树有桶那么粗了，是自己嫁过来时种下的。每年春天，椿芽树都发满椿芽。年轻时，秀芳会爬上树，采上好几把，去窝里捡一个蛋，和着炒起来，喂给青松吃。后来，爬不上树了，秀芳就拿一根竹竿，竹竿的一头绑上镰刀，一钩，丫枝就掉下来。秀芳知道，翻过年，又到了吃椿芽的季节。只是，自己连一根竹竿也举不起了。秀芳低下头，又去一锄一锄地挖。

太阳在对面山上，被山尖戳破了，一点一点地流血。秀芳还在锄，连锄头似乎都累了。秀芳的手臂酸得像从坛子里捞出的陈泡菜，一咬，牙都要酸掉了。

天要擦黑时，山桃回来了。山桃走得一步一挨的，额头也破了。头发蓬乱得像荒草，早晨还干净着，现在就满是尘灰。手锤把山桃的手臂扯得笔直，仿佛一不留神，手锤就会砸到脚上去。

山桃，你咋子了？你到哪去了？秀芳直起腰，腰像是要断了，骨头发出“咯嘣咯嘣”的声音。

大嫂子，你不要命啦？这地，我来挖。

我能行，咋个老是要你来帮？这些年，一直连累你……

大嫂子，你是在打我脸呀。以前造了很多孽，死后晓得进得了祠堂不？

山桃摔下手锤，走过去，就要夺点锄。秀芳不让，继续挖。山桃抓住了秀芳的手，一把就把点锄抓下来。秀芳又去捡。山桃抱着秀芳就往家里拖，要在以前，山桃的牛劲可大了。现在，他只能抱着大嫂子拖着走了。拖着拖着，右手臂就疼得像在火上烧。一趔趄，山桃就跌坐在地上。秀芳也跟着摔了，秀芳爬起来，又去抓点锄。

大嫂子，你疯了哇？点锄又被山桃夺了去。

秀芳一屁股坐在地上，哭起来。山桃觉得，秀芳的哭就像小孩的哭，半天也止不下来。

6

天一亮，山桃就披衣起了床。去拉门，才知道手臂还在疼。门才开了一道缝，天光追着冷气就进来了，山桃打个寒战。

秀芳家的门紧紧闭着，只有青松屋里传出混沌不清的声音。往常，秀芳早就开门了。

山桃就知道，秀芳又病了。开了门，秀芳缩在床上。一摸，额头烫得像做饭的锅底。

山桃，我过不了这一关了。昨天，出了很多汗……也是，人都老了，也不晓得用帕子揩一下……秀芳声音在喉咙里打转，山桃将耳朵递过去，才听清。

大嫂子，你要振作些，我去请医生。山桃紧紧抓着秀芳的手，像一不小心，这手就不在了。

不用了，给我熬点香樟木吧，不行的话，就是天意，也该走了……哎，青松……要不，我带他一起……

青松是我造的孽，该我来还债呀。大嫂子，别乱想，我这就去熬药……

山桃到了沙包嘴，砍下一块香樟木。熬好，给秀芳喝了几碗。

山桃端碗的手，哆哆嗦嗦的，像被蟒蛇咬了一口。

喝了药，秀芳的情况并没好转，连晚饭也没吃下。

晚上，山桃把被子抱过来，在地上搭了个铺。他怕秀芳一睡就过去了。半夜里，秀芳的叫声，惊醒了山桃。

山桃，我又梦见那个白胡子老头了。他还坐在沙包嘴，闭着眼，半天才说，我的药卖完了，你到别处去拣吧。说完，就不见了。

山桃开始睡不着，滚来滚去的，小心地制造着声响。倒是秀芳，接着打起了呼噜。

天还没亮，山桃就煮好了三人的早饭。早饭好了的时候，药也就好了。喂了青松，又喂秀芳。秀芳喝着药，喝得像在吞苦胆。稀饭，已经吃不下了。山桃就把碗撂一边，日急忙慌地去请医生。

医生号了脉，把山桃叫到院坝边。医生说，准备后事吧。

送走医生，山桃转身进屋，却看见秀芳坐在床边，正搅着那碗稀饭。秀芳端着碗就往外走，山桃拉都拉不住。秀芳扶着墙，走得颤颤巍巍的，像风里的一片落叶，风一停，叶子就会落下来。

秀芳来到青松的房间，青松正睁着两只空洞的眼睛盯着门口。

来，儿子，把这碗饭吃完……妈这辈子欠你了，下辈子我们还做母亲和儿子……儿子，妈……你要原谅妈，妈喂了这一顿就……

青松安静得不得了，一口接着一口地吃。以往，他会将手抓向空中，总想挣着从床上爬起来。

山桃的眼泪“唰”地就下来了。

秀芳要山桃扶着自己回屋去。

山桃老弟，还得麻烦你，给我青松买一副棺材……这是国家低保没用完的钱，我们走了后，拜托你将我们收藏安埋一下……山桃老弟，你也不用骗我，医生喊你出去的时候，我就知道我该走了……山桃老弟，这辈子有你，当大嫂子的也走得安然了……

7

一过青松和秀芳的毕七，山桃就准备去孙子所在的城里住。这次，可以安然地走了。明天就动身，孙子开车来接。

山桃趁着这个闲暇，要去各个地头转一转。这时候，他来到沙包嘴。香樟树不在了，这是昨天就知道的事实。这些天，香樟树成精的消息，传遍了村庄，大家都扛着家伙来了。他们放倒了那棵树，挖出了树根。他们说，这东西值很多钱。

坐在石头上，山桃眯缝着眼睛，双手扣在膝盖上。这时候是春天，小草已经冒出了芽，树叶儿也在阳光里闪亮。鸟儿从这棵树跳到那棵树，叽叽喳喳地闹。山桃看一眼山，看一眼树，看一眼野花。山桃再看一看山，再看一眼树，再看一眼云，像一辈子没看够似的。

真美呀。山桃想。

秀芳那五包耗子药是啥时候买的？山桃又突然想。

这时，一只鸟儿从树上飞下来，落在山桃面前，转着黑亮亮的眼睛，“喳喳”叫着，仿佛认识他似的。

山桃就笑了。

飞石

值完班，吃过晚饭，笑天照例去散步，照例从 34 栋拐过去，照例在河边仰躺着。小雪不在，笑天就不着急回去。笑天觉得，要是有帐篷，在这草坪上睡一夜该多好。望着满天星斗，笑天想起了家乡。想起猫头鹰、蝙蝠、婆娑的树影、提着灯笼的萤火虫，还有满头风霜的奶奶，以及她摇着蒲扇讲过的故事……想着想着，笑天竟然睡着了。

笑天是被声音弄醒的。

薛总，不要不要……你知道我结婚了，你知道……

薛总，这地方，脏……

亲吻的声音……撕开衣服的声音……

夜，太静了，静得连一个鼻息都不曾留下。笑天仰躺在草丛里，一动也不敢动。笑天知道，这一半是为了别人，一半是为了自己。

总算结束了。男人搂着女孩的腰，晃晃悠悠从低洼处冒出来，朝远处走去。笑天跑成一道闪电，来到低洼处。除了一片压倒的草，什么也没留下。笑天狠狠地踩了两脚。他悄悄地跟过去。男人和女孩刚好上了车。借着车内灯光，笑天看清了，竟然是保时捷男人。而她呢，又竟然不是红发女孩。是谁呢，笑天仔细看了看，确信不认识。车内的灯就熄了，保时捷一声咆哮，撕开夜的沉寂，蹿成一颗流星。

又一个，年轻的，哼哼。笑天觉得有人从他手里抢走了什么。真是滑稽。笑天狠狠地摇摇头，把安静的夜晚也晃碎了。

笑天还记得，捞外快那天的情形。是个傍晚，是一对手挽手的男女，是问小区有没有房出租。笑天呢，正拿着登记簿抄车牌：川AW5431。笑天一听，乐开了花，不免“1”就有些绵长，拖着过分的尾巴，把纸都戳穿了。

34栋一楼的王奶奶，正好有房要出租。就在几天前，王奶奶喊着笑天说，我家女娃子在故宫，一天架势要我去北京。我喃，想把房子租出去，你帮我一下。租出去了，一个月的租金全归你。王奶奶说完，呵呵一笑，脸上的皱纹像云朵，沉甸甸的。

笑天放下登记簿，“啪”地向组长敬个礼。组长呢，正站在岗台上，身子绷得笔直。笑天当然知道，这是个苦差事。日晒雨淋，一站几小时。笑天呢，更愿意躲在岗亭里。

组长，我耽搁一下，亲戚来了。说完，笑天手一挥，像位指挥若定的将军，那对男女就跟了上去。

笑天知道，组长会冲着自己的背影摇摇头。笑天也知道，组长会从岗台上下来，顶替到自己的位置上。笑天还知道，这时羊蹄甲会筛下稀疏的影子，微风吹过树梢也发出轻微的嚓嚓声，鸭子归巢呢，嘎嘎嘎……这些，他都顾不上了。他呢，带着这对男女，向34栋出发。

那女孩，二十岁不到，背着黑色的挎包，秀发及肩，染成红色，像顶着火焰在走，突突地向外冒着热气。才进六月，女孩就穿上了斜肩连身包臀裙。裙子衬出身体优美的曲线，一走，那曲线就飞舞起来，撩得自己痒痒的。

真他妈美。这么想着时，恰好碰上了女孩的目光，笑天赶紧潦草地低下头。

女孩呢，正紧紧地拽着男人的胳膊，生怕一不小心就丢了。她望男人时，眼里汪着一潭波光。这波光，笑天从电影里看过。哪部电影呢，笑天后来终于想起来，是《泰坦尼克号》里 Rose 望着 Jack 的那种。

只是“Jack”，已经过了四十岁。浅平头，衬衣笔挺，夹着 GUCCI 的手包。

可惜。可惜。笑天在心里嘀咕，像对女孩，也像对自己。

一间一间地参观。入户花园、客厅、饭厅、卧室、花园。笑天记得，男人问得很仔细，房东是什么人，多大年纪，老家在哪里，为什么要把房子租出来……还特别问到用电用气的安全，小区的治安，安不安静……

笑天记得，他们站在花园里说着话。花园里种满了映山红，正是花期，一团团一簇簇，把整个花园都燃烧起来。女孩一进花园，“哇”的一声，就奔过去，这儿闻闻，那儿碰碰。女孩起身时，胸部在笑天左胳膊上一滑。笑天感到，一股热流传到了脚趾尖。

笑天的脑袋，就有些缺氧。男人好像拍了拍他的肩，递过鼓鼓的一包东西来。至于还说了些什么，笑天实在记不得了。离开时，男人朝映山红里啐了一口。那“一口”挂在映山红上，明晃晃的。

笑天回到宿舍，打开那包东西。哈哈，2000块呀。笑天还记得，那时候的自己笑出了声。王奶奶还要给的。笑天打了个响指。

笑天直直地倒下去，压得床板咕咚一声，像一滴饱满的水珠，掉进平静的水潭里。笑天努力地想过，也无法确定究竟过了多久，自己突然就骂起来，妈的，那么骚，肯定是小三！狗日的养小三！笑天抓起枕头，用力扔出去。枕头呢，碰倒了桌上的台灯，台灯倒下时，又弄碎了花瓶，哐当——轰——。笑天只当没听见，密密匝匝地骂。

要说，别人养小三，关笑天什么事，偏偏发这么大的火。其实呢，笑天的火发了好几年了。

那一年，笑天读中专。在十七岁的笑天看来，女友小梨清纯得很，再怎么也不会跟着一个老男人走，偏偏这样的事发生了。笑天划破了自己的手腕，鲜血淌了一地。那个男人，笑天是见过的。三十出头，开一辆崭新的A6。墙脚是怎么被挖的，笑天后来怎么也没想明白。只记得，地上的血迹还未干，自己就攥着拳头出门了。他砸向了小梨。笑天被开除了。

这以后，笑天常常觉得，眼前总有一团东西，黑乎乎的。是什么呢，笑天可说不清。笑天觉得，自己一下子就老了。干起活来，也病快快的。少抄一位车牌啦，或者拿错了登记簿啦，都是常有的事。就连提起小雪，笑天也往往打不起精神来。按说，小雪可是个好姑娘，长得漂亮不说，关键人家不靠脸吃饭。笑天看着小雪从一个端茶递水的，一路成长为办公室副主任。要说那速度，就跟笋子拔节是一样一样的。而自己呢，几年了却从没挪过窝。显然，笑天是有些看不惯这个世道的，网上的笑天总是骂骂咧咧的。农村出身的他，磨出了一张凌厉的嘴。

笑天摔完枕头，摸摸衣兜，衣兜仍然鼓鼓囊囊的，笑天这才渐渐平息下来。给小雪买个趴趴熊音乐枕，上次路过家乐福时，小雪嫌贵没有买。还要买点什么呢？笑天一时也想不好，再过一个月，小雪的生日就到了。笑天手枕着头，半闭着眼，右腿叠在左腿上，一抖一抖地，床就吱嘎吱嘎地响个不停。

这个不足二十平米的屋子里，两架上下床，笑天睡下铺。眯眼望出去，斜上方天花板上，有一块水渍，像一个裸女，凸的，凹的，露的，都很精准。那形神，像极了今天的女孩。恍恍惚惚地，笑天一把将她压在身下，亲吻。女孩左躲右闪，笑天呢，可管不了这些。亲吻。亲吻。然后，笑天剥掉她的连衣裙。连衣裙都撕烂了，底裤也破成了两半。笑天清楚地记得，就在自己进入的刹那间，门外“咚”的一声响，笑天吓得差点跳起来。这才发现，自己的右手，在左手臂上上下抚摸，那抚摸是轻缓而抒情的。后来，这种抚摸还持续了几天，每当这时，笑天也会不由自主地想到小雪。当然，这都是后话了。

笑天推开门。门口一根竹竿倒下了。笑天狠狠地踢了一脚。还未折回宿舍，电话就响了，笑天又吓一跳。是小雪的。说今晚不过来了，同事过生，一起去K歌。电话里传来音乐声，是鼓点的咚咚咚，很强劲的那种。再夹杂些男男女女的嘈杂，就有些乌七八糟的。挂掉电话，笑天手一扬，电话划一道弧线，落在被单上。

小雪真去K歌了？会不会中途跟着别人走了，甚至一个大叔？笑天想到这里，给了自己一耳光，只是这样的猜测就像酒精对于酒鬼，是无法遏制的。

那对男女再次来，是在第二天。

那时，正是傍晚，天空倒是一派祥和。蓝的天，白的云，火红的夕阳，把整个印象湖都染得醉醺醺的。醉醺醺的印象湖胡乱抓一把芦苇，两朵云彩，三只飞鸟，四栋房屋，搂在自己怀里，咿咿呀呀地唱。

进出小区的人多起来。买水果的，遛狗的，推着婴儿车的，手挽手出去溜达的，下班回家的……忙得笑天顾不上喘口气。

嘀，笑天记得，那辆保时捷唰地停在刷卡区，轻声地按了一下喇叭。小老弟，是我，以后还要多照顾呀。不用看，凭声音都可以判断，是昨天租房的男人。

笑天笑一下，有些尴尬的那种。赶紧回去拿登记簿和车场卡，登记，刷卡，笑天做得有些忙乱。笑天后来都忘了，自己做完这些，是不是还朝副驾上看了看。笑天敲了敲脑袋，才努力想起来，女孩好像戴着墨镜来着。

你洋，你装，不过是找了个有钱的。

下班后，和小雪吃完晚餐。这个季节，天光也还早，凉爽的气息慢慢地洇开来。要在往常，小雪会挽着笑天散步去。从 34 栋拐过去，是一片银杏林，再往前，就到了一座小桥。有时，他们会站在桥上，看看喷泉，看看芦苇，看看水里一动不动的木船。再继续往下走呢，就出了二号门。出了二号门，是一片开阔地，一直延伸到河边。沿着河边走一走，再由一号门回来。每天，笑天和小雪这样走一圈，月亮就升起来了。

今天，路过 34 栋时，笑天觉得，自己就有些走不动了。那女孩呢，仿佛也正等着他。不早也不晚，她正拉卧室的窗帘。女孩穿着睡衣，笑天盯着她的胸部看，是哪一边滑了自己的手臂来着？男人闪进卧室，随后窗帘就合上了。笑天觉得，一幕大戏才刚刚开始。要说遗憾，自然是有的。

笑天也感到，自己走得心事重重的。走着走着，天光不知怎么就暗了。走着走着，不知什么时候就到了河边。夏天的河边有熙熙攘攘的人流，等这人流散去，这条河流，以及河岸边宽敞的草坪，就会沉寂得只听见星星在走。

仰面躺在草地上，笑天呆呆地望着天。星星在走，月亮在走，云彩呢，却呆愣愣地一动不动。河水淙淙地流，带着夜晚的喑哑。蟋蟀，有一声无一声，在草地上稀稀疏疏地铺开来。

小梨那婊子现在在哪里？想到小梨，笑天抓起一把草，狠狠地朝河里砸。

34 栋，34 栋呢？笑天仿佛听到了哗哗的水声，以及剥掉衣服的声音。这些声音，弄得笑天有些乱。还好，小雪并没有注意到这些，一个劲地玩手机，傻不拉唧地对着屏幕笑。这让笑天有些火，你笑什么笑？有什么好笑的？笑天一把抓过手机，原来是在玩微信。一个男的。笑天就定定地看着小雪。

哎呀，我表弟啦，你无不无聊？小雪吼起来，声音大得把河水都撞得稀里哗啦的。笑天可不管，向上翻消息，确信是表弟，这才把手机给小雪。

笑天，你太无聊了。

从草地上爬起来，笑天拍拍屁股，径直走了。小雪吃力地跟着撵，却只看见一团黑影，一冲一冲地往前滚。

嗨，嗨，你今天晚上咋子了，怪眉怪眼的！笑天听见小雪在后面喊，声音有点远，带着一些喘息。笑天呢，只顾低头走。鞋子的吧嗒吧嗒声，笑天自己也听不见。

快到一号门时，后面驶来一辆车，有雪亮的灯光。笑天本能地向后看，眼睛晃得睁不开。车子从身边经过时，笑天才看清，是那辆保时捷。男人还是那件笔挺的衬衣，手指敲着方向盘，脑袋一晃一晃的。车里呢，是邓丽君甜美的歌声。笑天还记得，自己快速地看了一眼副驾。那里，空无一人。

呵呵，结束了。

这时候回去，还可以骗过老婆，就说应酬去了。

这个老家伙。

笑天朝车尾踢一脚，鞋子差点飞出去。

踢他，还脏了我的鞋。笑天想。

你有毛病嗦？你踢人家干啥子？人家没逗你没惹你。小雪跟上来，咻咻地喘气。

笑天发现，男人在小区出入很有规律。挨近下班的时候来，等到散步的人回去才匆匆离开。开车时，他喜欢大声放着音乐，最爱听的是那首《甜蜜蜜》。

来小区时，碰巧遇到笑天值班，就朝笑天笑一笑。笑天向他敬个礼，他也蹩脚地回敬。笑天就忍不住想笑，笑过之后呢，笑天又暗暗地骂一句。你洋什么洋，我哪天发财了比你还洋，我要找两个，呵呵。那小雪怎么办？不要了呗。呵呵。这么想的时候，笑天就坏坏地一笑。

还记得，小雪回老家那天的事。笑天在音乐学院吃完一碗凉皮，正要将找回的零钱放回钱夹，一个身影突然擦亮了他的眼睛。

没错。是她，那时的她，正从学校大门走出来。尽管戴着墨镜，笑天还是一眼就认出了她。一袭黑长裙，随风轻扬，露出好看的腿。夕阳的余晖正巧罩着她，美，真他妈美。这样的画面，笑天确信只在海报上见过。笑天被定在原地，愣了一会儿，才远远地跟上去。女孩顺着大路走，长裙飘飘，秀发在微风里起伏。笑天的脚步就有些乱，东一脚西一脚，像地面不平似的。走着走着，女孩就拐进了一条生僻的小巷。这条小巷，摆满了临租房的广告牌。每个牌子的后面，都端坐着一个摇着蒲扇的老人。女孩走过，老人便问，租旅馆哇？便宜得很，有电视有 wifi。笑天觉得，女孩似乎并没有理睬，径直朝前走，直到在一棵梧桐后站定。这时候的梧桐，轻盈的花絮满满地在空中浮着。笑天这才看见，梧桐树下，停着那辆保时捷。

接下来的画面，笑天一直不会忘。男人从一个门店里出来，向女孩一笑，径直走向驾驶室，手里呢，拿着一个小盒子。女孩呢，朝四周看了看，才放心了似的，拉开把手，上了车。男人打燃火，车子一顿就开远了。

笑天这才注意到，男人出来的地方，一个是卖百货的，一个是成人情趣店。男人是从哪里出来的？手里拿着的盒子又是什么？笑天确定起来，有些难。

笑天回到小区值班时，突然就后悔，自己怎么就没偷偷留下几张照片？笑天被这个念头弄得有点兴奋，值班时也就心不在焉，抄错了车牌，组长就拿眼剜他，你龟儿，注意到点，你那点点工资经得起几回扣吗？

接下来的几天，男人神秘地消失了，女孩也整天闭门不出。天气晴好的时候，她会穿着睡衣，在躺椅上静静地看书，勾勾画画的，小声地念着英语，样子看上去很素净。笑天躲在一棵树后，偷偷拿出手机，拉近，直到能看到清晰的脸部轮廓。咔嚓，笑天才突然记起忘记关静音。好在，女孩并没听见。她歪着头，将盖住眼睛的几缕头发向后撩了撩，搁在耳朵后，继续小声地读。

笑天空下来的时候，会翻出照片来，放大，反反复复地看。笑天其实也并不知道，自己究竟要看些什么。有时候，笑天会突然可怜起这个女孩来。是不是，她还被蒙在鼓里？要不要告诉她？你为什么要告诉她？显然，笑天是回答不了这些问题的。

那些天，笑天一有空就去音乐学院，笑天也说不清楚为什么。还在那个摊位吃凉皮。老板是一对年轻夫妇，男的是陕西人，他一边端着炒锅，一边哼着信天游，山丹丹的那个开花哟红艳艳，毛主席领导咱们打江山……

老板，音乐学院的美女好多呀！笑天说。

是呀，这不，我把小吃摊都开到门口了。老板双手搓着围裙，望着老板娘嘿嘿一笑。老板娘剜了一眼，一脚踩去，踩空了。老板跳起来，你咋子了，还使用暗器呀？

要不要我给你介绍一个？老板正往凉皮里倒酱油，倒醋，撒上点葱花，搅拌。不过，哥们儿，这里的美女，你昨天还看见是单身，今天就被豪车接走了，现在，现在……

现在什么呢，老板也没说下去。

现在，可惜自己没钱哇？小兄弟，慢慢吃哈，莫听他瞎说，他的嘴巴是敞的。

有没有一辆保时捷？笑天说。

哥们儿，怎么才只一辆？起码有十辆。

那，那有没有一个车牌是 5431 的？

哦，你说的是那位大叔？老板转过身，朝笑天诡秘地一笑。

关你啥事？等你有钱了，你还敢把老娘换了？你再有钱，还不是一身炒饭味？老板娘用筷子敲着调料盆。

笑天便低下头去吃凉皮，刺刺地响。

笑天想起来，小雪才过来还没坐上十分钟，他们就吵了一架。起因是那张照片，笑天偷偷拍下的那张女孩的照片。小雪逼问笑天，笑天支支吾吾地。小雪就气冲冲地走了，丢下一句话，你自己知道这些天对我做了什么，笑天，你够了。

笑天追出去，小雪已经骑远了，背影有些倔强。

哼，我是对你做了什么。那，这些天你又对我做了什么！

笑天所气的，跟避孕套有关。今天，或者说就在刚才，小雪一到笑天的宿舍，就捂着肚子，往厕所里钻。笑天呢，拉开小雪扔在床上的包。在夹层里，笑天摸出了一盒避孕套。新的，“男霸”牌。笑天记得，自己还没来得及打开，厕所就响起了冲水声。

怎么换牌子了？小雪也知道，自己从来都用“杜蕾斯”。

这个问题，笑天还没能想明白，小雪就从厕所出来，拿起笑天的手机玩自拍。嘟着嘴，斗着眼，脸皱成了一团。要在以前，笑天一定觉得可爱极了，会凑上去托起小雪的脸，亲，亲，亲。

笑天当然也没想到，不等自己发作，小雪却先发起火来。

小雪玩完自拍，就在相册里去翻出来看。这，就发现了那张照片。

架就这么吵起来，又这么结束了，前前后后短促得不到抽支烟的时间。小雪问，笑天答或者不答。笑天也想问，只是小雪的攻势绵密得安放不下一个问号。

等小雪的背影从大门口消失，笑天就回到二十平米的小屋。笑天倒在床上，摊了一会，杂乱的事搅得脑袋生疼。

不想也罢。笑天顺手抓过《蓉城日报》，一条新闻就跳入他的眼帘——《相恋八年，爱妻劈腿百万富豪》。这样的新闻看得多了就有些无聊。笑天扔下报纸，要不，出去走走？好不容易今天调休。

笑天记得，自己走走停停，停停走走，不觉就到了新区。新区，是这个城市的脸面，高档社区林立。

此时，正是日落时分。天地清明，清风和煦，忙碌了一天的人们，正悠闲地散着步。在毗河庄园的小区门口，迎面走来一对情侣。男的高，女的矮。女的踮起脚尖，一勺一勺地将冰淇淋喂给男的。

搞不好明天就分手，这年头……谁知道对方在外有没有人！这么想着，笑天就露出了一丝傲慢的笑。

想起了小雪。平心而论，小雪对自己很好，体贴、温柔，心地善良，也曾这样一勺一勺地喂过自己。只是笑天还是克制不住自己，总想探寻得再深入一些。那几天里，小雪回了家。笑天用小雪的 QQ 登录，一一查看了聊天记录，还假扮小雪跟几个男生聊天。聊完天，笑天又进入安全工具里，删掉了自己聊过的痕迹。笑天就纳闷起来，是什么出卖了自己。

你自己知道这些天对我做了什么，笑天，你够了。笑天想起了小雪的话，笑天当然知道，自己对小雪做了什么。笑天还知道，自己不能对小雪做些什么。

想起了“男霸”。一想到“男霸”，笑天就定住了。他站在门口，往前走还是往后走，笑天需要一支烟的时间，也许才能决定好。

只是这狗日的生活，往往让笑天吃一惊。笑天这时候看见，保时捷男人正推着轮椅从大门里出来。他神态平静，脸上的笑像燃旺的炉火。轮椅上坐着的，是一位中年女人。她双手搁在腿上，右手抓着一本书。甚至，笑天连书名都看得清——《病隙碎笔》。男人俯下身，贴着女人的耳朵，小声嘀咕了句什么，女人就哈哈地笑起来。

咔嚓，笑天这次记得对着他们按下一张。照片上，男人对着镜头微笑，淡定从容。女人呢，其实很俊俏，短发，瓜子脸，脸色红润，薄嘴唇，五官秀气。

只是，一只裤管空空荡荡的。

男人与女人说说笑笑地离开了。背影慢慢变小，终于融合在晚景里。笑天还傻傻地站在原地。

笑天觉得，自己这几天过得像侦探。

男人继续来，也继续走，好像从来不在这里过夜。笑天觉得，男人就像一道数学题，已知越多，求解的难度就越大。

女孩仍然在读那本书，似乎那是一本很厚的书，怎么也读不完。至于那个在草地上叫薛总的女孩，消失得就干净得多了。笑天有时候也怀疑，是不是真正存在这样一个女孩。仿佛那个夜晚的事，本就是一场幻觉。

小雪呢？小雪继续不理他，打电话电话挂了，发微信，也没回音。那些天，笑天就有些心神不宁。

抱着电视看吧。笑天烦恼的时候，喜欢在电视里消耗时间。电视声音震得满屋子嗡嗡地响，仿佛这样就能赶跑小雪似的。看完电视，笑天蒙头便睡，时间就这么过去了。想小雪的时候，也发一则短信去，乖，富富想你。或者雪，生气伤身体。

那天，笑天记得很清楚，自己正一个台一个台地换，换到蓉城卫视时，想不到竟看到了那个保时捷男人。笑天吃一惊，遥控器都从手里跌落。怎么，我跟他总是无处不相逢。

这是一档嘉宾访谈节目——未央省十大杰出青年企业家访谈。

保时捷男人侃侃而谈，时而微笑致意，时而严肃认真。谈感想，谈愿景，谈责任——企业和家庭的责任……

笑天觉得滑稽，真是滑稽。在笑天看来，这些怎么也无法与自己认识的那个男人联系起来。

镜头打到记者的脸上。笑天只一眼，就跳了起来。笑天敢肯定，眼前这个主持人正是那晚喊薛总的女孩。如果不是，笑天敢宰掉自己的手指。笑天记得，那天自己这样赌咒发誓地说过。你看那眉眼，你看那身段，你看那裙子的花色，你看那头发捆扎的方式……

笑天“啪”地关上电视。

滑稽的事竟然找到了自己。

不记得是几天之后了。中午，笑天去物流公司堵小雪。才出门，远远地就看见小雪迎面走来。笑天看见小雪终于看到了自己，小雪就换作一脸傲气，头拧向一边，走了。

那天，有浅浅的阳光。虽是六月的天，却并不毒辣。天空高远，飞鸟敛起翅膀画着线条。路两旁是满满的羊蹄甲，正是花期，满树红紫。昨夜小雨，地面铺了薄薄一层落花。笑天看见小雪提着蓝色碎花裙，腰肢细微地颤动，乌黑的长发一晃一晃地摇摆。小雪走得很小心，像是怕把落花踩疼了。笑天记得，自己愣在原地，静静地看着她融入这团景致中。真美，笑天以为这该是名家的一幅画吧。笑天后来想起来，那时的自己真是傻得让人发笑。

嚓，那辆保时捷一个急刹，停在小雪身边。笑天看见，埋头走路的小雪吓了一跳。男人下了车，热情地跟小雪打招呼。小雪呢，一脸惊奇，歪着脑袋看男人，头发就像瀑布一样散下来。男人不知说了句什么，小雪就哈哈大笑。笑天看见男人拍了拍小雪的肩，小雪就跟着上了车。笑天记得，上车前，小雪还用余光朝自己站立的方向瞟了瞟。

笑天躲在一棵羊蹄甲后，呆呆地看着这一切。待车子走远，笑天一拳擂在羊蹄甲上，几朵花就簌簌地落下来，像一个个战败的将军。

保时捷准时路过河边，车窗开着，还是那首《甜蜜蜜》。拐弯处，一块石头飞来，随后一声惨叫，车子冲进了河里。

警笛响了一夜。人声响了一夜。一个女孩的哭声响了一夜。

第二天，《蓉城日报》在第二版的显要位置刊登了这个案件。死者，薛定州，四十五岁。警方在车里发现了一个石块，石块上用彩笔写着几个字：有钱就是老大？据警方推测，石头砸中驾驶者，导致车辆失控，冲进河里。

报社记者采访了死者家属。腿部残疾的妹妹说，嫂子十年前病故，哥哥为了照顾自己和考研的侄女，一直独身，应该排除情杀。哥哥为人谦和，应该排除仇杀……

笑天记得，那时的自己用报纸死死地捂着脸，报纸窸窸窣窣地响。

后来，门“吱呀”一声开了。

竟然是小雪。

笑天看见，小雪走过来，托起自己的腮，紧紧地盯着。笑天放声大哭。

笑天还看见，小雪拉过那张报纸，看了一下说，薛总几天前才和我们公司形成战略合作……那天，我本打算来看你，见你走来，我又抹不下脸，才改了主意。刚巧碰到薛总到我们公司去，就捎了我一程……

小雪也哭了，哭得整个身子都抖起来。笑天觉得，小雪像一锅沸腾的水。

笑天起身，紧紧地抱着小雪，小雪，对不起，对不起，小雪……

我知道你是爱我的……小雪轻轻推他，从包里拿出那盒崭新的避孕套，扔到了床上。床上，在靠近枕头的地方，放着趴趴熊音乐枕。音乐枕的旁边，倘若你再仔细些，你会看见一只水晶玫瑰花的摆件。

以前，你总说戴着套子不舒服，我想也许你不喜欢那个牌子，就换了这个，我想让你高兴……你知道我是爱你的……

这便是笑天听见的，小雪对着自己，说过的最后的话了……

纯 真

二丫将包往地上一掼，转身就走。医院侧门“哐当”一声合上，砸得横三心里一跳。横三踢了一脚地上的包，包里的扳手、尖嘴钳、钢丝钳、螺丝刀就躺了一地。横三看也不看，不等二丫的身影消失在转角，自己先走了。横三踩出去的每一脚都气贯长虹，连蝉也噤了声。

好大点事呢？不就一张王力宏的演唱会门票么？等有钱了，我让王力宏演专场，你信不信？

二丫想买演唱会的门票，这是计划了几个月的事。偏偏横三上月打了一场架，把人弄进医院住了一周，今天又被公司辞退了。在这节骨眼上，二丫提门票的事，横三就说，要不等等吧。

二丫在天回镇医院当护士，今天偏又遭到护士长批评，就戗横三一句，算啦算啦，等有了票黄花菜都凉了，算我看错了人。

横三气冲冲地往回走。算我看错了人，你什么意思？横三鼻子里哼一声，步子迈得更快了，虎虎生风的那种。一条小狗望着横三，愣了愣，夹着尾巴跑远了。

横三想回到自己租住的屋子里，在沙发上静一静，或者干脆睡一觉，把这狗日的日子忘掉。横三住的这间屋原来堆着杂物，断了腿的椅子，少了一只耳朵的铝锅，锈迹斑斑的弯刀，只有半截的拖鞋……搬来那天，横三清理了好半天，汗水流了好几场，才把有用的东西堆在一角，无用的一把火烧了。这间屋子只有一扇窗，很暗。横三骂过几回娘，但总比没有好，尤其二丫来的时候，屋门一关，就成了另一个世界。那个世界里有山有水，色彩艳丽得很。房租贵一点，一月两百，横三还是宁愿住这里。这是第一次离开家，耳边少了爷爷的唠叨，一切都是值得的。横三搬出来住，反对最厉害的却是二丫。二丫说，家里住得好好的，搬出来干什么？横三知道，二丫是放心不下爷爷，过了这个月，爷爷毕竟是八十四岁的人了。七十三、八十四，阎王老爷不喊自己去。这是爷爷常说的话，二丫就记住了。下了班，隔三岔五地，二丫就扯上横三，回家去坐一坐。

站在房门前，横三抹了一把额头，就抹出满手的汗。正要拿出钥匙，却发现门上多了一把锁。横三朝门擂了一拳，门就裂开了一条缝。横三这才记起，自己拖欠房租已经三个月了。

嗨，你什么意思呢？横三退到马路上，朝楼顶的胖子喊。

你搬走吧，房租也不要了，有个卖锅盔的要租呢，每月三百。房东站在楼顶剔牙，朝楼下吐一口，横三的脸上就有凉凉的飞沫。

横三在屋子前站了一会，踢翻了铝锅，惊走了一条野狗。横三抓过自行车，朝着野狗的方向骑去。屋子里只有一床棉絮、一张床单，漱口的盅子和牙刷，沙发呢，是胖子房东的，实在没什么好拿的。

野狗的方向就是横三家的方向，顺着马路一直走。几公里，就到了。

横三“哐当”一声扔下自行车，自行车就倒在墙角，四脚朝天，像一头被放了血的猪。爷爷正在院子里掰几瓣蒜，赶紧站起来。爷爷裤腰里系了一条草绳，干瘦的手上青筋突出得像要跳出来。

横三，回来啦。昨晚我梦见了一把青草，我就知道你要回来。还没吃饭吧，中午有剩饭，好歹对付一下，晚上爷爷给你炒腊肉。爷爷往屋里走，一步一挨的，爷爷的背驼成一只鼓着的眼睛，瞪着天空，像要探寻云层里究竟隐藏了什么。

嗯啦。横三拍拍手，走进自己的卧室。爷爷只有三间屋，一间自己住，一间给了横三，一间做厨房。这里属于城乡接合部，爷爷住到这里来时，小镇像一个拇指蛋，几步路就可以走完，张家的猫李家的狗，连声音都分得清。这几年，大量的房企来圈地，外来人口像泄洪一样拥进来，小镇变成了一张向四面伸展的手掌，手掌的前端已经与成都的主城区相连，另一端快要顶到横三的家了。

卧室里还是横三离开时的样子，被子整齐地叠放在床头，被单没有一丝褶皱，显然爷爷每天都整理过。窗台上还挂着横三和二丫去年放过的风筝，这时候在午时的风里“吱嘎吱嘎”地响。横三玩过的吉他还立在古旧的书桌上，靠着墙，纤尘不染。床头上，几张二丫的照片贴成心形。

几个月前，横三突然决定离开爷爷，到小镇上去学习装修空调。几个月后，横三又回来了。横三一回来，爷爷的心反而落了地。横三不是第一次被辞退了。初中毕业后，横三去送过水，老板说横三怕吃苦。中通需要快递员，横三去干了几个月，常常丢件，还赔了不少钱。歇了几个月的横三又去附近的楼盘做保安，值班时睡着了，小区遭了盗。东一下西一下，横三就混到了二十岁。爷爷有时也生气，横三，你怎么跟你老子一个样，做事总是心不在焉？

横三爸爸，年轻时是名跑运输的客车司机。十七年前的一天早晨，客车冲下山坡，横三爸爸当场死了。横三妈妈在出事后的第二年，也走了。

横三，吃点饭吧。爷爷镶在门框里，身子弓成一个问号。我将剩饭热了热，又炒了一根你喜欢的丝瓜。

横三仰躺在床上，双手枕着头，眼睛盯着楼顶的一块水渍，伸出几个光溜溜的脚趾对着爷爷。

不吃，饿死算了。

以后好好干就对了。爷爷歇了歇，见横三不说话，接着说，大不了老老实实跟我学习种庄稼，我没看见哪个种庄稼的人饿死了，你看你薛叔，就种个大棚蔬菜，不也修起了三层的楼房么？你杨书叔叔，这几年把菜地种上花木，一年买回一辆车……

这样的话横三听得耳朵都起了茧，要在以前，横三会搡上爷爷一句，那你呢？或者，农民有啥好当的？顶得爷爷愣上好半天。

爷爷见横三摇着几根脚趾头，腔都不开，叹口气，转身离开，爷爷的背影有些蹒跚。横三长长地舒了口气，闭上眼，脑子一片空白。

爷爷，借两千块钱。横三说。爷爷正端着盆，站在树荫下，撒出一把秕谷，“咕咕咕咕”地唤着，鸡娃们都聚在爷爷的脚下，啄完秕谷，又举起眼，歪着头，盯着爷爷咯咯地叫。

你要这么多钱干吗？爷爷一愣，看了横三一眼，手里的秕谷就撒得多了些。

我办辅导班，要做宣传单。横三双手抱在胸前，头发乱得像蓬草，才午休起来。

你办辅导班？有没有搞错？爷爷的眼睛嗖地凌厉起来，你不是才初中毕业吗？

你别管。我还你五千。横三伸出五根手指，在空中摇了摇。

五万都不行。爷爷顺手将盆扔在地上，哐当，拍拍手，我劝你要走正道呀，鸡娃们扑棱着翅膀跑远了。

横三有些恼，鼻子里哼一声。你到底借不借？

不借。树上的知了一声紧似一声，催命似的。

死老头。横三小声地咕噜了一声，扯过自行车，腿一横骑走了。爷爷想要听清孙子嘀咕了什么，横三已经拐到了马路上。

唉……这个冤家。爷爷扯过一个棕垫，往墙根上一放，小心地坐下去，像怕把驼背擦伤了，对不起它跟着自己这么多年一样。坐好后的爷爷双手扣着膝盖，紧紧望着孙子越来越小的背影。这时候的阳光正好，从树丛筛下来一缕，正好晃着爷爷的眼睛，爷爷眼睛就有些花。这几年，爷爷的眼睛越来越花了。

我走了，他该怎么办？爷爷感到阳光有些扎眼，就把头勾下去，越勾越沉，仿佛这脑袋灌了铁水一样。勾着勾着，爷爷就靠着墙根睡着了，身子弓成一把镰刀。爷爷收割的时光不多了，但他得把镰刀磨锋利些，交给横三。爷爷有时候想得睡不着，就半夜爬起来屋前屋后地乱转。爷爷当然也会想到二丫，这个傻丫头，要是不嫌弃横三，那是几辈人才修来的福分。想起二丫的时候，爷爷总是笑吟吟的，像喝了一罐橘子水。当然，他也会想起儿子，那个在车祸中丧生的儿子，爷爷有时觉得如果有生之年不能看到二丫走进家门，到了那边，儿子问起来，怎么回答好？

几只蚂蚁可没这么多担心，顺着爷爷干瘦的腿往上爬，爬到领子上，望着爷爷的脑袋，是爷爷白花花的胡须吸引了它们么？

横三呢，横三这阵身子前倾，埋着头，把车骑得风快，白衬衣在后背鼓了一个包，又一个包。满脸淌着汗，后背前胸都湿了一大片。找到二丫。二丫歪着脑袋，斜斜地盯着横三。横三站在一棵榕树下，不说话，抱着二丫就亲。二丫挣了几下，也就顺了横三。横三亲得仔细，二丫不时地推一推，说有人。说归说，二丫却并没真要停下来的意思。

横三爱上二丫时，横三正成为全校女生的篮球王子。横三成绩很糟，但篮球却耍得好。人呢，长得也帅。横三嘴巴又甜，哄得人不知东南西北，二丫就晕晕乎乎地上了横三的贼船。不是没人劝过她，二丫呢，只是笑笑。劝的人还要说什么，她就叹一口气，欲言又止的样子。劝的人逼她逼得急了，她就说，关键横三爱我呀……劝的人就怅怅地住了嘴。

借我两千，我要办辅导班。横三抓着二丫的肩膀说。

啥？你要办辅导班？你初中不都是混出来的吗？二丫皱了皱眉，挣脱了横三箍在腰里的手。

你别管。我要发宣传单。借我吧，还你五千。横三握着的拳头松开，叉开五个手指，在空中上下切了切。

不借。我说，你干点正经事不好吗？二丫紧紧盯着横三，像老师盯着不争气的学生。

我……我……哪有不正经？横三的目光有些躲闪。

我劝你，找个自己能做的工作……我帮你找……这些天，你就在家里陪爷爷吧。我找好了，就通知你。

你到底借不借？横三懒得听这么多，跺着脚说。

不借。二丫扬了一下头，头发就在空中散开，划一道弧线，转身离开了。

横三追在后面喊。谁不干正经事啦？这事干成了可以买很多演唱会的票呢？等我挣了钱，就在镇上买房，给你住。

二丫回过头，顿了顿说，你爱我，我知道。镇上我有宿舍，不用你买房。爷爷现在老了，回去住还可以照顾一下。说完，快步跨进了医院。

横三愣了愣，只得抓起自行车走了。回程的横三一路按着喑哑的喇叭，骑得风快，嘴里呀呀闹着，有什么堵在心口似的。

横三回到家，爷爷还在睡。这会儿，有点风，爷爷敞开衬衫，古铜色的胸膛干巴巴的，像熏过的腊肉。几片肋骨左一刀右一刀，割得身子骨似乎要裂开来。几滴汗珠顺着往下流，像这把镰刀淌下的眼泪。

横三小心地迈过爷爷，走进爷爷的屋子，挪开枕头，隔着棉絮捏了捏，硬邦邦的一堆东西果然在。横三浅浅地一笑。掀起棉絮，横三拿出一包钱来，从五千里数出两千。

爷爷，再见。横三朝爷爷挥了挥手，心里说着，爷爷用轻微的鼾声回应他。

横三去了镇上一家广告部。广告做得很炫，授课教师全是名校名师，签约保证，无效退款，印刷两万份。从广告部出来，他又去了菜市场，那里有些临时工，六十元一天。横三雇了几个人，他要将广告发到小镇上每个人手中。

回到家的时候，二丫却来了。二丫正帮爷爷打扫房间，爷爷来夺扫帚，二丫不让，拖过凳子来，让爷爷坐。爷爷就像小学生一样坐下来，双手不安地搓着。见横三回来，二丫就浅浅一笑，回来啦？你哪去野了？等你好久了。

横三也一笑，发财去啦。

没指望你发财，只指望好好做事就够了。二丫扫完房间，扫院子。扫完院子呢，又去关鸡娃，关完鸡娃，又把簸箕端回家。爷爷呢，跟进跟出，像个孩子黏着妈妈。爷爷看着夕阳渐渐下沉，暮气渐渐上来，包裹着安静的乡村，而二丫却变成一个小光点，在爷爷眼前跳呀跳呀。爷爷真想像小时候，抓住一只萤火虫一样，抓住那个小小的光点。

又过了两天，横三的宣传单印出来了，他率领几个市场推广人员到几个点去散发。才发了一个上午，二丫的电话就来了，急吼吼地说，做事得靠良心呀，你怎么能这样呢，横三？你不能让我看不起你哈，你的宣传单——横三懒得听，挂了。等着瞧吧，我的大事就要成了。

横三累了一天回到家，爷爷正坐在屋前的木椅上摇着蒲扇。横三将几张没发完的宣传单朝地上一扔，就开始收拾房间。他要将自己住的卧室收拾成一间教室，摆上几张方桌、几把椅子，再去弄块黑板，买盒粉笔。床呢，他要搬到楼顶去。那里凉快，还可以看星星。下雨的时候，就抱着被盖在教室里打地铺。

你……你……你咋能这样……横三正用锤子卸床，爷爷却堵在门口，手里捏着报纸，报纸在爷爷手里瑟瑟作响，像风声。

我哪个了，爷爷？不是为了挣点钱吗，至于吗？我不挣钱，你养我呀？横三敲着床腿，说话声却比敲着床腿还响。

挣钱，挣钱，也有这样的挣法？爷爷的下巴抖得厉害，花花的胡子跟着一上一下地跳，你这广告哪个会信？一看就知道是骗子。

那要哪样挣？大家不都这样挣吗？这个世界全是骗子，多我一个会塌呀？你看看有没有人信，一堆狗屎我都能卖出去，天下就有那些宁愿上当的人。横三“哐当”一下将床腿扔出老远，响声砸得爷爷吓一跳。

你……你……爷爷扶着门框，眼睛有些潮湿，今天我看钱少了，就知道要出事……

我家出的事还少呀，我老子出事了，我妈出事了，我怎么就不可以出？横三吼出声来，泪花就满满地堆在眼眶，像叶子上的水珠，一颤一颤的，就要滴下来。

造孽呀造孽呀……爷爷抖着白花花的胡子，一拳头一拳头地砸在门框上。

晚上，夜深了，横三从睡梦里醒来，胸口多了一床薄被，爷爷呢，正扶着楼梯口的门框，望着自己。横三赶紧假闭上眼，爷爷“唉”地长长叹一声，接着传来爷爷下楼的声音，轻微、细碎。横三摸了一把脸，就摸出了满手的泪。

这是名校名师补习吗？一大早，爷爷刚“吱呀”一声拉开门，冷不丁一位老头矗在面前—— 六十岁上下，头发泛白，收拾得却很干净。

不……不……爷爷有些哆嗦，就要将门掩上。

金牛区书岭镇大东村二十八号。老头对着报纸，逐字与门牌号对应，读完，笑了笑，终于找到了。

是，这是名校名师补习。横三慌忙从楼顶伸出脑袋，胡乱抓起衣服，边穿边噔噔噔地向下跑。

老人家，您也太早了点，这边请。横三转身去开“教室”的门。

终于找到了，终于找到了。我孙子马上六年级，很关键，我想请名师帮着补补。老头跟着走进来。

老人家，您算找对人了。我在五小教了几年了，五小是成都市的五朵金花，办学历史一百多年了，这是谁都知道的。我的补课也是全成都绝无仅有的，四次课掌握一种方法，图形成像法非常神奇，学生学到了会立竿见影……横三坐在办公桌前，拿出宣传单，比比画画地讲解，横三觉得，自己把自己都弄模糊了。

咳……咳咳……爷爷扶着门框，咳了两声，清脆、响亮，仿佛要惊醒这个清晨。横三剜了爷爷一眼，爷爷似乎什么也没听见，紧紧抓着门框，青杠树一样站着。

那好那好……我相信你们……老头眼里闪着感激的光，我给孙子报语文和数学，好多钱？老头从裤兜里摸出一条手绢，像藏得很深似的。是钱，鼓鼓囊囊的。

一科二十次，每次两小时，每两小时两百元，每科四千元，两科共八千元，我在成都市中心上课的话两个小时四百元呢，主要是报效家乡嘛，顺便照顾一下爷爷。横三眼里的光像一道闪电，扑在老头的手绢上，盯得紧紧的。

我家孙子懂事，一直心疼我的钱，总不让我花钱给他补课。马上考初中了，不能再依他了，考不上好初中好恼火。麻烦您。老头说完，开始数钱，一百，两百……老头数一张，横三就点一下头，像怕老头数错了。

数完钱，老头要了一张收据，明确了上课时间，就匆匆忙忙走了。老头已经走远了，横三还望着他的背影出神。等老头的背影消失了，横三才醒悟过来。横三就双手合十，朝着老头离去的方向，倒头便拜。拜完，转过身，横三朝教室走，看见爷爷用眼睛剜自己，横三理也不理。

横三嘴里哼着自编的调，拐到镇上，一头钻进网吧里，下了几套题，又找个茶楼，认真研究起来。标准答案是有了，可怎么讲就弄得横三脑壳有些疼。只好一道题一道题地找“度娘”，度娘不能解决的，就打给自己的同学。横三要好的同学，跟横三的成绩差不多，就骂他，你专门来嘲笑我呢，晓得我数学搞不懂。横三实在没办法，就给一个拐弯抹角的亲戚打电话，亲戚是镇上小学老师，横三在麻将馆见过几回。

晚上，横三买了好酒好菜，准备在楼顶摆一桌。横三自己炒了几个菜，去喊爷爷来吃时，爷爷坚定地摇摇头。爷爷不仅摇头，还摇着蒲扇，有一下没一下地扇。爷爷望着矮下去的夕阳抹过树梢，喃喃自语地说，老天天天看着的呀……

说完这句话，爷爷就离开了。爷爷要去的地方，是一公里左右的恩光堂。这座德式教堂比爷爷的年龄还大，掩映在一片樟树林里，他要去那儿说说孙子的事。

横三呢，在爷爷离开的时候，正往杯子里灌酒。黄色的液体沿着杯壁往下流，卑鄙下流，横三想起这个词就自嘲地笑了笑。

电话响了，横三湿着手从裤兜里掏出来，陌生号码，原来又是要补课的，五年级，一对一。横三讲完自己作为名校老师的光辉成就，讲完图形成像法，对方就愉快地决定了。

接完电话，横三将手机拍在桌子上，跳起来。夕阳渐渐移下树梢，天空渐渐暗了，躲在墙角的蛐蛐声时断时续。

后来。天，就完全黑下来。

二丫过来时，给爷爷带了一件衬衣和一盒蚊香。爷爷的衬衣领子磨破了，蚊香用完了，身上被咬了很多包。二丫还带来几个锅盔，军屯锅盔。

猜猜，这锅盔是谁打的？二丫对横三说。

是那个老头打的。二丫说。

我们原来租住的屋子被那个老头租去了，隔成了两间，爷孙俩各睡各。二丫说。

横三眼睛睁得溜圆，嘴里掉出几粒锅盔的残渣。爷爷正从屋里出来，钉住了一般。

横三，做昧良心的事是要遭天谴的，去把钱退了。要不，爷爷帮你去。

横三，那个老头一个人带着孙子，也不容易……二丫说。

横三大口大口地嚼着锅盔，锅盔的脆响把二丫和爷爷的话都吞了。

一只公鸡端着鸡冠走过来，在爷爷脚下啄呀啄，不时偏着脑袋看一眼爷爷。爷爷伸出手，嘴里“咯咯”地唤着，公鸡就蹲下身，也“咯咯”地回应着爷爷。爷爷抱住了公鸡，公鸡温顺地躺在爷爷怀里。

二丫，今晚我们炖个鸡，你天天吃食堂没营养。爷爷说着，进屋去拿刀，这时候公鸡才惊慌地扑腾。大皇冠，对不起了。爷爷将刀放在洗衣台上，用手抚摸着公鸡的羽毛，公鸡渐渐安静下来。这只鸡跟着爷爷三年了，几次缺钱的时候都没舍得卖。爷爷摸着摸着，眼里就泪光闪闪，他仿佛看见了一截消失的时光。

爷爷还是宰掉了这只鸡。

二丫帮着煺毛，帮着刨肠刮肚，帮着羼水，帮着宰肉，帮着洗萝卜、四季豆……帮着帮着，二丫就成了主将，爷爷只在一边搓着手看着。二丫要做一顿香喷喷的饭给爷爷吃，爷爷一年到头是舍不得吃的。横三呢，在二丫身边飞来飞去，见插不上手，就去院子里跷着腿横躺在板凳上准备明天的练习题。横三的卡里已经存进了四万多元，等到再多一些的时候，横三就打算再请个教师来。横三曾经劝过二丫空的时候来兼职，二丫呢，盯着横三，盯得横三发毛，二丫这才说话，这钱干净吗？

你从来没这么认真过。二丫经过横三身边时用手指戳一下他，横三就回一句，晓得就好。

过了一会儿，横三就闻到了鸡肉的香，炒海椒的香，烧茄子的香，还有米饭的香，横三无法安心备课，跑了几趟厨房。

二丫给爷爷舀了满满一碗鸡肉加魔芋，碗的上面摆着一顶高傲的鸡冠。爷爷把它夹给二丫，闺女，吃了吧，很香，你平常吃的全是饲料鸡。

二丫并不去接，她移开了碗，爷爷的鸡冠就停在空中，又执意不离开，二丫只得用碗去接了。爷爷夹了一个芋头，有滋有味地吃。二丫趁着爷爷不注意，又把鸡冠送了回去，爷爷，你养了三年，该你吃。爷爷一愣，嘿嘿一笑。哪有什么关系，你平常工作很累，来……说着爷爷去夹鸡冠，二丫呢，就在筷子上用了一点力，牢牢地按在爷爷的碗里。

你们好笑人，不要就给我。横三正在啃翅膀，满嘴油。

对，那就给横三。爷爷说着，夹给了横三。横三笑眯眯的，好像经过别人的田边时，顺手撩了一把人家的扁豆。

你够了。二丫吼了一声。横三嘻嘻笑着，那笑呢，才绽开就僵住了。

吃完饭，天光还早，横三拽着二丫的胳膊去散步。爷爷假装没看见，转身回屋，却被二丫叫住了。爷爷，我们一家人走走。爷爷一愣，爷爷等这句话很久了，哆哆嗦嗦地跟在后面。望着二丫的背影，爷爷满足地点点头。

得有一场像样的婚礼呀。爷爷想到这里，脚步就有些乱。

走着走着，就到了小镇。二丫一手牵着横三，一手牵着爷爷。夕阳把他们的影子印在地上，分开，重合，分开，重合。爷爷调整着姿势、角度和速度，想要把自己的影子重合在他们的影子上。爷爷看见它们天衣无缝时，就激动得想哭。

顺着马路向下，就可以到二丫上班的医院。坡很陡，坡底一辆三轮车正向上骑。师傅站在脚踏上，费力地蹬，身子就一高一矮地错落。慢慢近了，原来是卖锅盔的老头，车身上“军屯锅盔”的牌子在夕阳下闪着光。老头有些蹬不动了，干脆跳下来，用手拉着走，老头的身子就成了一把弓，嘴里吭哧吭哧地响。

爷爷颤巍巍地走过去，帮着推。二丫拽着横三也到了，添了一把力，车子轻巧地上了坡。老人停下车，眼里含着光彩，像夕阳掉进眼睛里。

没想到遇到了老师，今天我家孙子学得怎么样？老人满脸豆大的汗珠，瀑布似的。他扯过毛巾，胡乱地揩了一把。

嗯……嗯……不错……横三嗫嚅着，声音在嗓子里打转。

爷爷把横三扯到一边，你看看这钱容易吗？你是不是在造孽？

我哪里造孽了？横三吼出了声。

再见哈，谢谢你们，我回家还得给孙子弄饭呢。老人向三人挥挥手，慢慢骑走了，夕阳把他的影子拉得很长很长，在地面单薄地摆动。

二丫定定地盯着横三，摇了摇头，转过身去了医院。二丫今晚住医院的宿舍里。

两天后，二丫再来时，就带来了坏消息。

横三，那个老头住院了。二丫说。

关我什么事？横三正把凳子搁到桌子边，双手一拍，满意地看着整齐的桌子。

他得了癌症。二丫盯着横三的脸，平静地说。

癌症？横三横了二丫一眼。

退钱吧。二丫盯着横三的脸久久不放。

退钱？想都别想？横三决绝地扭过头去。

横三，你可以不退，但你从此就是路人甲，我说到做到。二丫平静地看着横三，平静里有千钧的力量。横三的目光慌忙跳开了。爷爷呢，爷爷盯着二丫，不安地搓着手。

横三才走到院子边，就看见一群人，围着爷爷和二丫。

我不听你解释，你都这么大年纪了，怎么还做出这种骗钱的事呢？一个男人说。

都一个镇的人，还骗我们说是名校老师，也不掰起脚趾头想一下，我们就那么容易被骗吗？一个女人说。

莫让那小子跑了哈。一个男人说。

跑得了和尚跑不了庙，房子总跑不了。一个女人说。

把房子烧了也要把钱找回来。一个男人说。

老头，你孙子到底去哪里了？一个女人说。

……

爷爷弓着身子，点头哈腰的。都乡里乡亲的，大家放心，一定退大家的钱，请各位给我几天时间……

二丫把爷爷往身后一藏，大声说，各位叔叔阿姨，确实对不住大家，有什么事来找我二丫，我是镇医院的护士，跑不了的……

横三躲在树后，没等人群散去，自己一溜烟跑了。跑到哪里去呢，横三着实伤了不少脑筋。可以确定的事实是，爷爷再也找不到他了。二丫呢，也尝试着打了电话，不是关机，就是无人接听。后来，就再也打不通了。

爷爷大病一场，成天糊里糊涂地说话。

我昨天梦见我父亲，他拉着我的手，喊我回家……

我看见了儿子，他的房子好破呀……

横三回来了，在我坟头放鞭炮，说，爷爷我把钱都还了，你就放心吧……

二丫每天忙里忙外，下了班就来照顾爷爷。二丫一下子就忙碌起来，每天一刻也不敢耽搁，中午还得回家喂爷爷药。转眼到了八月，一天热似一天，二丫骑得一身汗，衣服紧紧地贴着背，胸前的双峰就傲然地挺起来。无风的时候，头发都向后扬起来。二丫成了这条路上最匆忙的风景。

爷爷越来越糊涂。那天，二丫正在喂药，爷爷突然抓住二丫的手，横三，二丫是个好姑娘，你一定要好好对她。爷爷顿了顿，突然提高声音说，不然，我喊你爸好好打你……

邻居有时也来帮忙，二丫就端了醪糟或者荷包蛋送过去。大家都将二丫看成这个家的主人，好像横三从来没有来过。

二丫还完了横三欠下的债，自己却欠下了一屁股债。

爷爷死的那天，穿了一身新衣服，二丫在镇上裁缝铺定做的。二丫请了几队鼓，热热闹闹地把爷爷送上了山。

二丫锁好门，转身离开时，回头呆呆地望着生锈的门锁，像一场庄重的告别。爷爷走了，二丫的心一下子就空了。二丫慢吞吞地朝镇上走，路边的一切都是熟悉的，却又不是原来的样子。走过这个村子，她将融入一段滚烫的生活——去看一场电影，电影院门前有个男生在等她。

走过多次走过的拐角，二丫收到一条陌生号码发来的短信：二丫，我犯了事，可能会被关起来，别告诉爷爷。我一直爱你，你一定要等我。二丫合上手机盖，眼泪唰地就流成了长河。

生死之河

早晨，阳光还不太刺眼。路两旁，杨树翻着银白的手掌，纷纷后退。

周丹的车左右腾挪。十几分钟前，周丹接到电话，说父亲把一辆车撞了，车主正打他。周丹就疾速地赶往事发地。

父亲挨打，在周丹的记忆里，这是第一次。父亲打人呢，也只有一次。

那是十多年前，那个上午，也有这样的阳光。但倘若要说，周丹回到那个上午，只是阳光的召唤，那确实错得离谱。

周丹清晰地记得，那天是七月十六。尽管高考后，迎来漫长的假期，周丹还是保持了早起的习惯。他双臂支在窗棱上，脑袋伸出窗口。那时候，雾气还没散，房屋映出模糊的轮廓。香樟树高过了屋顶，几只鸟儿占据了头顶上方的天空，在市声还未汹涌前，抓紧时间喊上两三声。

突然，周丹看见一个人影走向车棚，在自己那辆自行车前站定。他朝四周望了望，周丹甚至看见他轻轻打了一个响指。周丹猜想，他一定是满面含笑的。他俯下身去，弄出“咔嚓”的一声响。在撬锁。然后，周丹看见他推着车子，摇晃着车身，往外走。

这是一个老旧的家属院，没有门卫把守，丢东西是常事。有时候是一只鸡，有时候是一截香肠，有时候是一个裤头或者胸罩……

小偷还没走远，周丹就听到了军叔的声音，抓贼呀抓贼呀。喊声把这个有雾的早晨割开了，雾气似乎受到惊吓，一点一点地退开去。十多年过去了，周丹仿佛还能听见那些杂沓的脚步声、呐喊声、喘气声，以及接下来的厮打声……

啥子啥子？父亲从床上跳下来，举起手，匆匆忙忙套衣服。

那，那里。周丹指着楼下。

什么时候变哑巴了？走，下去看看。父亲的拖鞋声在楼道里越来越远，带着一种急迫的尖锐。

周丹的心噗噗地跳，高一脚低一脚地往楼下走，仿佛地面突然起了凹凸。

周丹赶到时，小偷已经被反剪着双手。小偷像个高中生，嘴角刚围着一圈绒毛，戴着边框眼镜，头发有些长，这时候披下来，盖住了一只眼睛。

看，那颗痣。想不到还是“有志青年”，哈哈。有人说。

周丹这才留意到小偷眉心里那颗痣。那颗痣，像指甲盖大的一滴墨。这以后的十多年，周丹每每想起他，就叫他“眉心痣”。

那天清晨，眉心痣像一粒石子，砸在湖里，把沉寂的早晨点燃了。

打呀，还愣着干啥子？军叔说。

话音刚落，周丹就看见军叔身子前倾，助跑，冲刺，嘴里“啊啊”叫着，朝眉心痣飞奔而去。

闪开，米嫂子闪开。有人大声喊。

人群自动闪开一条缝。

周丹知道，军叔飞踹是真踹，他满肚子窝着火呢。军叔在镇上电缆厂上班，那些天，厂子倒闭了。军叔工作了大半辈子，空着手就滚回家。对于军叔的失业，周丹归咎于他是个好人。军叔脸上总挂着笑，军婶骂他，他也不恼，摇着扇子走到别处去。要不是军婶呢，他也总是笑，一副打不还手骂不还口的样子。打小，军叔就喜欢摸自己的头，以至于让周丹觉得，自己是被微笑摸大的。这样的柿子，自然就被先捏了。

就在军叔那一脚飞出去时，周丹闭上了眼睛，仿佛军叔那一脚带起的旋风，也卷起了沙子。

第二个上的，是一楼的米婶。米婶是照着眉心痣的裆部踢的。周丹看见父亲嘴角一挑，双手抱着肩膀，向上一耸，像米婶那一脚踢到的是他自己。

米嫂子，你把别人裆踢破了，将来没法搞女人了。有人说。

就是叫他不能乱搞，我看他人还长得伸展，将来一定会乱来。米婶说。

男人们就“呵呵”一笑。大家都知道，米婶男人就是一个伸展的人。周丹也隐约听说，他曾经带一个女人来小镇。这个小镇，实在太小，东头打个屁，西头就能闻到臭。米婶就在宾馆里抓了现行。

关于米婶，周丹要说的，显然不止这一点。米婶对周丹，就像自己的亲妈。小时候，周丹淘气，裤子挂破了，米婶就让他脱下来，自己一针一线地补好。这都是太小时候的事，是后来周丹听母亲说的。记事后，米婶总是打着响亮的哈哈，说，丹丹，你回来了哇。或者，丹丹，又考了一百分哇？我们这个小区就数你读书最能干……米婶说这些时，眼睛里总是闪着光。周丹觉得，与米婶比起来，母亲的眼睛像一眼枯井。

想到这些，周丹的脸部就抽搐了几下。仿佛米婶是一根鱼刺，不小心卡在喉咙上。

米嫂子踢得这么准，一定踢过很多男人。军叔说完，哈哈大笑。

哪天，我把你的裆踢破，你信不信？米婶也不恼，又朝着眉心痣的裆部踢，接着说，男人没一个好东西。

周其明，你躲在后边干啥子？军叔朝着父亲喊了一声。

父亲缩在角落，大张着嘴巴。听到喊，他抓了一把头发，拼命挤出一个笑。

周其明，小偷偷了你家的自行车呢，你要当缩头乌龟呀？军叔又朝着父亲嚷。

就是就是。其明老弟，你不打，咋个说得过去？说着，有人将父亲往前一推，人群就让开一条道。

父亲本能地往后退了两步，脚下一滑，身子往前一倾，差点摔倒了。人群又爆发出一阵笑声。

周丹知道，这不是大伙儿第一次笑父亲了。父亲是个武侠迷，那段时间，总是在小镇的书店里租金庸的小说，一本接一本。军叔的大哥说，周其明，你说你看什么武侠小说，你那么矮，个儿又那么小，你还能舞枪弄棍呀？你弄牙签还差不多。军叔听了，就哈哈笑着，武侠里全是打打杀杀的硬汉，他们敢朝自己脖子抹。周其明，给你一只鸡，你敢不敢杀？要是敢，老子跟你姓……

周丹知道，就是给父亲一百个胆，他也不敢上前。

周其明，脚下有条蛇，青竹标。军叔瞪大眼睛说。

啊？父亲一声惊叫，慌忙跳开了。人群里再次笑起来。

拿根绳子来，把小偷捆着，看他还敢不敢。米婶嚷着。

好呢。军叔应一声，带着招牌似的笑容，乐颠颠地往自家走。回来的时候，手里就多了一根手指粗细的绳子。周丹知道，这根绳子拴过狗，平常扔在墙外的角落里，发着难闻的气味。

你那绳子太粗了，绑不结实。米婶双手抄在胸前，说。

怕啥子怕，这么多人难道他还跑了？有人说。

军叔微微笑着，把绳子往眉心痣手上缠，像捆一个粽子。捆好后，军叔一脚蹬在眉心痣的小腿上，眉心痣往前一栽，就跪在了地上。

周其明，现在给我狠狠打，你怕个卵！军叔大声说。

四周的声音大起来，周其明，别做孬种。

周其明，不打就钻女人裤裆，你选一样。

周其明，你儿子可是看着你呢。

父亲像被一声惊雷吓了一跳，在人群里找了一圈，终于把目光落在周丹脸上。周丹满脸烧得像块铁，他这时候目光躲闪，不敢与父亲相接。

然后，周丹看见父亲涨红的脸变成了紫色，身体微微晃动着。

他脱掉一只拖鞋，攥在右手。他左手半举在空中，一点一点的，跟折断了似的。父亲走成了一只跛脚鸭，一瘸一拐的。那一刻，周丹真想冲破人群，把父亲拽回来。但周丹的脚下，像被什么黏住了，怎么也动弹不得。

果然，大家又起一阵哄笑。

父亲走过去，将鞋底扬了扬，在离眉心痣的脸很远的地方就停了下来。

周其明，你是个瓜的呀？你看看人家还有没有力气还手？唉，你真是烂泥巴扶不上墙呀。米婶皱着眉头说。

周丹看见父亲闭上了眼睛，深吸一口气，再深深地吐出。然后，周丹看见父亲扬起拖鞋，朝眉心痣的脸上拍去。那一声“啪”，像敲击在花岗石上。

他娘的，周其明雄起了，他娘的。米婶鼓着掌，眼里笑出了泪花。

其明，狗日的其明，老子错看你了。军叔说。

今天，就看你的了。其明，你好样的。有人说。

对对对。人群欢腾了，拍手声、口哨声、跺脚声……混合在一起。

不知不觉迎来了黎明，阳光穿透云层。这家伙，一出来就扎眼。但在这个小区，谁也没注意到它的来临。

周丹父亲满脸放着光，他扔掉鞋，照着眉心痣的头就是一拳。左一勾拳，右一勾拳。周丹父亲越打越带劲，敲得眉心痣的脑袋“嘭嘭”响，像用锄头砸一个西瓜。

放了我……放了我……我愿意加倍赔……叔叔阿姨行行好……

我爸他……眉心痣说了这个早上的第一句话，他垂着头，声音低得像在自言自语。

早晓得有今天，你为什么还偷？

你赔，你赔得起？

对，我丢了二十条裤头，你赔不赔？

我看你爸不是腿伤了，而是脑有点残，生了这么个畜生。

……

以前的，我没有……没有偷……我发誓……

周丹为眉心痣捏一把汗，因为他的声音像一盏油灯的灯芯，怕是要燃尽了。

哪个晓得你没偷？有人接着说。

不听他狡辩，今天叫他见识一下小偷的下场。狗日的，咋个要偷我自行车？

我……我……眉心痣嗫嚅着。

还还嘴。周丹父亲扇过一个耳光。眉心痣栽倒在地上。

把他拉起来。米婶喊。

周丹父亲抓住衣领，将眉心痣拉起来跪着。

不能再打了，再打就要出人命了。有女人说。

打死了，世界上少一个小偷，有啥子不好的？周丹父亲捡起一根棍子，就往眉心痣的头上敲，“咚”“咚”“咚”。

父亲敲一下，周丹的肩膀就跳一下，像父亲手里攥着一个开关。

雾气完全消散了，云层薄薄地铺了一层，露出蓝色的天空。那样的天空，在天回镇，成都北城的一个小镇，只有雨后才会有这样魅惑的色彩。

军叔看了一眼天，感叹说，真是个好天呀。又说，我去写个牌子，挂在他肩膀上。说完，就上了楼。

对对对，让他跪在街上，喊大家都来看看。人们朝着军叔的背影说。

军叔是这个镇上墨水喝得最多的人，字自然写得好。军叔下来时，手里多了一个纸箱。军叔撕下一块纸壳，又打开墨水瓶，用毛笔在墨水里蘸了蘸，然后提起笔在空中点了点，才缓缓下笔，像在创造一件艺术品。军叔在纸壳上写下了两个字：小偷。军叔写完，拍拍手，还歪着脑袋满意地看了又看。人群里响起“啧啧”的赞叹声。

米婶早已找来一根细绳，将两头穿在纸壳上。

军叔将牌子挂在了眉心痣的脖子上，眉心痣头垂得很低，脖子像是被人拧断了。军叔用手戳了一下眉心痣的头，眉心痣的头就随意地晃了晃，最后停在纸牌中央，像“小偷”两个字很陌生，需要用一生去辨认。

还装死，真该死。走，拉到街上去。周丹父亲说。人群里响起了欢呼声。米婶和父亲拖着眉心痣，往街上走。人群黑压压的，像一团乌云，往东边飘一下，往西边飘一下。最后，在一棵小叶榕下停下来。眉心痣跪在树根上，明明就在树上的知了，却像是被谁穷追猛打，一声叫得比一声大。

圈子越拉越大，走路的、骑车的，甚至开车的，都停下来，伸出脑袋来看一看，向眉心痣吐吐口水，扔一个石子，或者吹一声口哨。

偶而也有路人说，打成那样子，好造孽呀，小偷也是一条命，放了吧。

人群里就会激起更大的骚动。米婶大着嗓门说，那他有没有想过我们丢东西的也造孽喃？这巴掌大个地方，丢了很多东西。你倒有菩萨心肠，怕是在装好人吧。

主张放了的人就识趣地走开。

父亲站在人群的中心，挥舞着那根棍子。他时不时地敲一下纸牌，或者眉心痣的头。他走来走去，神态悠闲，时不时地看一眼人群，像从战场归来的将军。父亲时不时地看一眼周丹，那眼神像要告诉他点什么。

把他裤子脱了。父亲突然笑起来，对着人群喊。

来，脱裤子。父亲又喊了一声。人群像经历了一次沉睡，这一次，被父亲喊醒了。

对，看看米嫂子把它弄成啥样了？直了还是弯了？有人说。

米嫂子，你凑近去看看，摸摸也行，你刚才把它踢痛了，得安慰一下。军叔微微笑着说。

你些狗日的，人家还是个娃娃。米嫂子说着，走开了。女人们都走开了，一步一回头地摇到小区去。

来，把他提起来。康叔没说完，周丹父亲就占据了有利地形，解开了眉心痣的皮带，把外裤褪了下来，接着去拉裤头。眉心痣像突然一个激灵，从睡梦中醒来。他“哇哇”叫着，身子剧烈地扭动。但都是徒劳，裤头被轻松地扒下来。人们看到了该看到的，也看到了另外的情形——那里渗出了殷殷的血迹。

人群里发出一阵哄笑。父亲用棍子去探，才靠近，手就缩了回来，说，哇，有电。说着，身子一抽，像是真被电击了。

人们笑得都抽了。

其他人也拿棍子去扒。一个一个地，或者一群一群地。怎么扒，眉心痣的那东西都瘫成一团。眉心痣也一动不动，像个僵死的人。

突然，眉心痣“噌”地一下站起来，他竟然挣脱了绳子，提着裤子，撒腿就跑。周丹看见，绳子散在地上，像一条蛇。那个写有“小偷”的纸牌，也被扔到了街心。父亲反应过来，如弄丢食物的豹子，冲了出去。其余的人，也都吆喝着、嬉闹着追了过去。

眉心痣已经到了街的拐角，等到父亲追到拐角时，眉心痣已经跑远了。远远地，周丹看见眉心痣的长发飘起来，像飞舞的旗帜。

父亲一边跑，一边喊，抓贼呀抓贼呀。

大家从小巷里包抄过去，果然，眉心痣向人群迎面跑来。赶紧调过头，眉心痣又跑成了一道闪电。这一次，他沿着河边跑。

周丹就在心里说，这个傻瓜。

果然，跑了一阵，一堵墙一横。眉心痣朝墙头看看，又转过身，看看人群，纵身一跳，扎进了河里。“咕咚”，河面的浪花冲天而起。眉心痣奋力向前游，游到河心，体力似乎用到了极限，他一点一点地往下沉。过了一会儿，他又从水里冒出来，向岸边的人群“哇哇”喊着什么，像在呼救。岸边的人继续扔石头，跳脚，咒骂，嬉笑……就连不远处那位打鱼人，也继续撒着自己的网。

眉心痣终于耗尽了体力。周丹看见他入水前，还将手伸向空中，像要抓住什么似的。周丹还看见，他入水的地方冒出几个气泡，就归于了平静。周丹确定，他已经深深地被卷进了河底。

河边，一片沉寂。

警察……警察，死人了死人了……父亲突然大声喊。大家朝四周望了望，却并没警察的身影。但父亲的喊声，惊醒了大家。一溜烟，人群消失在小镇鸭肠似的街巷里。

周丹疯狂地跑过一条又一条街，根本就停不下来。直到，他跑到了小镇背后的植物园，被植物园里茂密的植物掩埋，他心里的阴影面积还像植物园一样庞大。那天，周丹在一块石头上坐了很久很久。

第二天，有消息说河底捞出一具尸体，有人说是眉心痣，又有人赌咒发誓地说不是。辗转听到眉心痣是三河场人，家住二台子，周丹骑车去找过。那是个中午，周丹戴着一顶破帽子，帽檐拉得很低。骑了一段山路，才在山脚下找到两间破瓦房。那时候，家家户户都住上了平房。这两间破瓦房像一块补丁，钉在乡村五颜六色的裙边上。周丹一惊。仔细看时，墙边的轮椅上坐了位中年人。截肢，下半身截肢。他歪着头，一动不动，口水从嘴角流出来，像是睡着了。周丹骑着的车子“吱呀吱呀”地响，也没能惊动他。

周丹骑着车“吱呀吱呀”地走了，回去时是下坡，周丹也不拉手刹，车子像滚着下坡的铁环。周丹“啊啊”叫着，跟谁赌气似的。

那些天，周丹总觉得背后有人。屋子里是，街道上也是。这感觉，一直持续到今天。他常常猛地回过身，身后却除了满满一教室学生，什么也没有。

那以后的父亲，短暂地赢得了尊重。等生活回归了平静，周丹父亲还是抱着一本一本的武侠看，军叔和军叔大哥也还是拿他逗乐子。

前些天的一个傍晚，周丹正在擦拭那辆自行车。这车，早就不骑了，但周丹还是将它好好地停在车棚里，空下来的时候，或者某些偶然时刻，周丹会擦去灰尘和锈迹。父亲反剪着手，走过来。

还擦呢？废铁都卖不了几个钱。父亲站了一会儿，突然笑起来，呵呵，那年，我们把那个小偷收拾惨了。

父亲的脸在夕阳下闪着怪异的光。父亲努力做出快乐的样子，却怎么也掩饰不住快乐背后的锈迹。周丹不说话，一个劲地擦。父亲也默默地站着，天地间一下子静下来，只有"咔咔"的摩擦声。

周丹的车开得慌慌张张的，风灌进车里来，又慌慌张张地飞出去。

父亲七十了，满头霜花，身子也佝偻得厉害，看上去像一只炸过的虾米。退休后在家闲得慌，父亲就爱上了麻将。今天一早去三河场打牌，没想到，电瓶车转弯时撞了别人的车。

远远看见一圈人，都远远地站着。父亲背朝着自己，倒在街心，脑袋都破了，鲜血直流。打人者用脚踩在父亲腰上，手里拿着一根棍子，正戳着父亲的裆部。

老东西，挂了我车你还想跑？打人者猛地戳了一下。

周丹猛地拉起手刹，车身一抖，周丹差点撞到挡风玻璃上。周丹从座位下抽出一根方向锁，打开车门，冲了出去。

打人者见周丹向自己冲来，转身就钻进了一辆奥迪里。奥迪屁股一翘，发出很大的吼声，“嗖”地开跑了。

走近父亲的那一刻，周丹一下慌了。这才看清，父亲的裤子拉链拉开了，红色的裤头褪到了根部，父亲的那东西赫然地露出来，流着血。这是父亲第一次透露自己的秘密，周丹的脸噌地红了。呆立着，仿佛父亲是一道压轴题，周丹不知道如何下手。

还不快送医院？这时，有人拍了一下周丹的肩。

潦草地为父亲拉上裤子，把父亲抱上车。父亲很轻，却很沉，瘫软成一团泥。

一家大医院的病房外，一个藏族人正拿一面锦旗感谢李医生。李医生看到周丹父亲，就匆匆结束了谈话，来收治病人。李医生用药棉擦着头部的血，说，得缝几针。

李医生，还有这里。周丹说着，赶紧去褪父亲的裤子。

啊？李医生惊叫了一声，擦药的手就猛地一顿，像父亲那隐秘的一部分是块烧红的铁，不小心就被烫了一下。李医生惊惶地看了周丹一眼，周丹这才注意到，他的眉心里赫然地栽着一颗痣。那颗痣，像是指甲盖大的一滴墨。

周丹父亲缓缓睁开眼，目光最后落到李医生的脸上。突然，周丹父亲嘴唇剧烈地抖动，牙齿磕碰着牙齿，仿佛才穿过莽莽雪原。他勉力用手支起身体，腿脚固执地往床下探，像谁拿着枪对准了他的脑袋。

接父亲出院那天，周丹默默开着车，父亲用手支着头，靠着窗口，漠然地看着前方。父亲看了一阵，又将手拿下来，挠挠头，放在膝盖上。才放下，又拿起来。除了这两个动作，父亲像什么也不会做。

你说，人死了，还能活过来吗？父亲突然问。

可能吧，比如……

不。周丹没说完，父亲就吼起来。父亲的这声低吼，在车内撞出巨大的环绕声。

周丹看见父亲脸上几根肌肉跳了跳，这让父亲的脸看上去很狰狞。周丹默默地开着车，路两旁的白杨纷纷后退，周丹像在河流里穿行。

爸，报案吧，我记住了车牌。周丹打破了车内的安静。

父亲说，不。说完，父亲又漠然地看着前方，车内很静，只有发动机和风燥的声音。

回家后，父亲顾不上吃饭，骑着三轮车走了。父亲离开小镇的那条路，通往二台子。父亲回来时，脸色很凝重。

接下来的几天里，父亲变得沉默起来。经常去河边走，父亲沿着河边走，久久地望着河面，突然用手指着说，你看你看，那里那里。

周丹顺着所指的方向，并没看到什么。他拽着父亲往回走，像拖着一头不肯下犁的牛。

另一次，父亲又偷偷去了河边，就再也没回来。

父亲淹死了。

有人说，父亲是自己跳下去的。有人说，父亲是失足掉下去的。

葬完父亲，刚好七月十六，周丹去了河边。周丹静静坐着，河面平静得像什么也没发生。夕阳，染红了江面和芦苇。周丹一时恍惚起来，仿佛置身于某个清晨。

你也在？熟悉的声音响起来，不用看，是李医生。周丹不安地挪了挪屁股。

李医生说着，点燃烟，递给周丹一支，然后给自己点上。周丹看见，李医生夹烟的手，战抖成风中的芦苇。

这条河边，我走了十六年，整整十六年。李医生猛地吸了一口烟，猛地吐了一口烟，兄弟啊，那一年，我高考考差了，我爸又遇着一些事，我就……我就跳到这河里。是一个叫梁健业的打鱼人救了我。

李医生埋了一下头，又抬起来，看着河面，河面红彤彤的。夕阳沉在河底，惹得鱼虾一口一口地去啄。李医生继续说，可惜，梁叔得病死了，我尽了全力，也没能挽救他，没能挽救他……

李医生缓下来，又吸一口烟，声音低沉起来，所以没事儿的时候，我喜欢来这里坐坐。这条河，连接着生和死，也连接着死和生啊……听说前不久又有人跳到河里去了？

周丹轻轻点了点头，就把目光投向河面。

河面泛着光，两岸的芦苇，荡着白花花的花。白花沿着河岸铺展，一眼望不到头。

天色向晚，夕阳将两人的影子倒在河底，像一棵树的两根枝丫。